三國奇變

戰略篇

卷 5

將計就計

目錄

第一章 白馬義從

公孫瓚聞言道：「高將軍，我準備派遣公孫越、嚴剛二人帶領兩千白馬義從，跟隨高將軍一起去攻打陽樂，我在此緊守管子城，等傷兵恢復的差不多了，我就帶領全軍直逼柳城。」

高飛道：「好，那咱們就分兵而進。」

丘力居眺望著城樓上的戰鬥，當他看見倒下的公孫瓚再度站了起來之後，心中的怒火立刻發洩出來，大聲喊道：「你們都是幹什麼吃的，快點把白馬將軍殺了，快殺了他……」

話還沒有說完，突然聽到背後傳來一陣急促的馬蹄聲，是那麼的雄渾和有力，而且吶喊聲響徹天地。

他急忙回過頭，看到山坡下奔來一撥騎兵，衝在最前面的一個人騎著一匹烏黑的駿馬，速度快得驚人，看著像一團捲過的烏雲，而那團烏雲背後，是統一服裝的漢軍騎兵，再後面是和他的部下裝束一致的烏桓突騎。

「報——」一個騎兵拖著長腔喊道：「遼東太守高飛率部從我們背後殺來，其中還混合了不少遼東屬國的突騎兵。」

「遼東屬國的突騎兵？」丘力居吃了一驚，道：「木葉丸，快率領突騎擋住他們，絕對不能讓他們從背後殺過來。」

木葉丸是丘力居帳下的第一勇士，他聽到命令後，看了看身後的騎兵速度，分析道：「大王，恐怕來不及，照這個速度，根本就無法擋住他們，我看他們只不過是為了救公孫瓚而來的，不如暫且撤退，放他們過去，然後再施行包圍，將他們一起圍在城裡。」

丘力居點點頭，還來不及下達命令，便見那團黑雲直接衝進自己背後的軍隊中，一條長槍左突右刺，猶如進入無人之地，前去阻擋的人紛紛落下馬來。他急忙道：「撤！快撤！」

緊接著，「轟」的一聲響，漢軍和丘力居的部隊撞在了一起，相撞的人都從馬背上跌落下來。

跌落的漢軍騎兵早有準備，在地上打了個滾，便用手中的兵器進攻身邊的烏桓人，隨著最先突入敵陣的高飛，硬生生的將烏桓人給撕開了一個口子。

正在城樓上作戰的公孫瓚看到丘力居在士兵護衛下朝一旁逃走，而且山坡後面的軍隊開始出現混亂，眺望了一下，見穿著橙紅色服裝的漢軍出現了，臉上大喜，大聲喊道：「援軍來了！援軍來了！兄弟們，給我殺，殺死這些胡虜！」

援軍的到來振奮了守軍的心，高飛帶給守軍一種說不出的力量，在這種力量的鼓舞下，士氣立即高漲起來，迅速展開反攻。

烏桓的大營附近，高飛帶著三千人像一把尖刀直接插進了烏桓人的心臟，一字排開十數列的突騎兵被攔腰截斷。同時，華雄、烏力登各帶著五千兵馬從左右兩翼夾攻，企圖將逃跑的丘力居包圍在裡面。

其他三個城門，趙雲、張郃、太史慈率領各自的騎兵隊伍，從烏桓人的背後

突破了防線，並且在他們的大營周圍左突右刺，使得烏桓人毫無陣形可言。與此同時，城裡的漢軍看準了機會，紛紛打開城門，從城中殺了出去。

然而，烏桓人卻並未就此陷入慌亂，各部的小帥們帶著自己的族人井然有序的撤退，一股腦的朝西北方向逃去。

這時正是夕陽西下的時分，太陽成了一個巨大的紅色輪子落在遠處的山邊上，草原籠罩著金色的寂靜，大地充斥著血腥味，隨處可見的鮮血，和天際形成一體，彷彿整個天地都是血紅的。

管子城東門邊，公孫瓚騎著白馬，身後跟著劉備，兩千白馬義從分成兩列，靜靜地等候在那裡。

城門邊的屍體已經被清理過了，空出一條乾淨的道路，殘破的城牆上站滿了人，繡著「公孫」的大旗牢牢地插在城樓上，迎著晚風隨風擺動。

騎著烏龍駒的高飛綽槍策馬，背後跟著荀攸、烏力登，朝公孫瓚所在的城門而去。

來到城門時，高飛、荀攸、烏力登下馬，和對面的公孫瓚、劉備相向而行，兩撥人交會時，臉上皆露出喜色。

「公孫將軍，我在路上耽誤了一點時間，讓你們久等了。」高飛客氣地道。

公孫瓚和高飛在遼東曾經有過一面之緣，此時再看身披鎧甲的高飛，發現高飛身上有一種說不出的威武，讓他不禁產生畏懼，回道：「高將軍能夠仗義相救，已經是對我最大的幫助了，此次解了管子城之圍，我還要多謝高將軍呢。此地不是說話的地方，還請將軍隨我入城吧！」

高飛點點頭，扭臉對烏力登道：「你去告訴五虎將，讓他們帶領各部駐紮在丘力居的營寨裡，我和軍師進城，過一會兒才會回來。」

烏力登應聲而去。

劉備寒暄道：「高將軍，我們大概有一年多沒有見面了，不知道高將軍一切可曾安好？」

高飛隨意答道：「我一切都好。沒想到我們再次見面，會是這種場面。」

劉備臉上露出尷尬的表情，見高飛身後沒有田豫的身影，忙岔開話題道：「咦？田豫沒有跟將軍一起回來嗎？」

高飛道：「玄德兄不必擔心，田豫在戰鬥中受了點傷，我已經讓人去醫治了，不會有什麼大礙的。」

劉備放下了心，轉身擺開手勢，對高飛道：「高將軍，請！」

管子城靠近塞外草原，是專門作為駐軍用的要塞，城內並無百姓，高飛進入

管子城後，就見受傷的士兵橫七豎八的躺著，就連公孫瓚也身中兩箭，看到這個情景，他可以想像這十幾天被包圍在城裡的士兵是怎麼樣度過的。

進入治所後，公孫瓚命人設下酒宴，來給高飛接風洗塵。大廳裡坐滿了人，關羽、張飛也在其中。

公孫瓚對坐在自己身邊的高飛道：「高將軍，這些是我的部下，我來給高將軍介紹一下，左邊是劉備、關羽、張飛、單經、田楷、王門，右邊是公孫越、公孫範、公孫續、嚴剛、關靖、鄒丹，他們都很仰慕高將軍，此次高將軍親自到來，不僅替我解了圍，還帶來那麼多兵馬，我都不知道該如何感謝高將軍呢。」

高飛很瞭解公孫瓚，雖然帳下沒有什麼大將之才，但是公孫瓚的實力十分雄厚，至少部下都是弓馬嫺熟的人。他環視在座的人，除了劉備、關羽、張飛，其他的人他都沒有興趣，便微微點頭，算是打了招呼。

公孫瓚看了眼荀攸，問道：「高將軍，這位是？」

高飛介紹道：「這位是潁川荀公達，現在是我帳下的軍師。」

荀攸雖然說海內知名，但是名聲只在中原一帶而已，對公孫瓚這樣的武人來說，很少會感興趣去記哪個名士，因之淡淡地「哦」了聲，荀攸倒也不在意。

劉備聽到荀攸的名字時，倒是感到很吃驚，斜眼看了看高飛，心中想道：

將軍，失敬失敬。」

公孫越是公孫瓚的弟弟，拱手道：「高將軍，我家主公派我前來，是想和高將軍商量一下如何對付烏桓人的事。丘力居雖然退走，卻並未受到什麼重創，加上這裡本就是丘力居的老巢，丘力居是不會放過這裡的。」

高飛聽了，道：「如此重要的事，為什麼你家主公不親自來？莫不是看不起我這個遼東太守？」

公孫越急忙擺手道：「高將軍，你別誤會，我家主公絕對沒有那樣的想法。只是我家主公身中兩箭，今夜又喝了許多酒，所以無法前來，為了表示誠心，特地派我前來。」

高飛道：「明白了，不過現在天色已晚，而且我也喝了不少酒，這種大事只能等到明天再商量了。」

公孫越道：「好的，我會轉告我家主公的，我家主公希望能夠和高將軍聯合出兵，共同對付丘力居和叛亂的烏桓人，平亂之後，功勞對半分。希望高將軍能夠好好的考慮一下。」

高飛道：「知道了，公孫將軍，那我們明天早上見。」

太陽剛從東邊露出臉，管子城在金色的陽光下顯得格外顯眼。城外駐紮著高飛的軍隊，四座營寨裡，所有的士兵都從睡夢中醒來，披上鎧甲，帶上武器，打起精神，準備迎接更加殘酷的戰鬥。

高飛帶著荀攸和幾名親隨出了營寨，徑直朝管子城而去，並且命人將田豫送到城中。剛到城門，高飛便見公孫瓚帶著多位將領從城中走了出來。

相互寒暄幾句之後，高飛開門見山地道：「公孫將軍，我已經讓人打探清楚了，丘力居退兵後，駐紮在遼西郡城陽樂，另外柳城還有他的兵馬，必須一口氣將丘力居擊垮，然後向西收拾難樓、烏延。只是我軍對遼西的地形不熟悉，需要公孫將軍從旁協助，不知道公孫將軍意下如何？」

公孫瓚聞言道：「高將軍，我準備派遣公孫越、嚴剛二人帶領兩千白馬義從跟隨高將軍，聽從高將軍的調遣，一起去攻打陽樂，我在此緊守管子城，等傷兵恢復的差不多了，我就帶領全軍直逼柳城。」

高飛道：「好，那咱們就分兵而進，我先在陽樂拖住丘力居，公孫將軍直取柳城，左右包抄，縱使不能生擒丘力居，也能將丘力居趕到幽州西部，然後一鼓作氣，配合西部郡縣的各地官軍一同絞殺。」

公孫瓚笑道：「很好，那就這樣說定了。」

商量完畢，高飛和荀攸回到營寨，高飛隨即傳令全軍拔營起寨，帶上從丘力居那裡奪來的乳酪和馬奶酒，直奔陽樂。

大軍馬不停蹄的向前直奔，於當夜抵達陽樂城外三十里處，在附近的丘陵上紮下簡易的營寨，砍下樹木做成鹿角和拒馬，環繞在營寨四周。

中軍大帳裡，高飛、荀攸、趙雲、張郃、太史慈、華雄、龐德、烏力登、公孫越、嚴剛全部到齊，正商量如何對付丘力居。

高飛道：「我軍從管子城馬不停蹄的奔到這裡，一路上太過順利，這不是個好兆頭。我軍營寨都是草創而成，十分的簡易，如果烏桓人前來劫營的話，這座營寨絕對抵擋不了太久。為了以防萬一，今夜各部都務必嚴加防守。」

「諾！」眾將齊聲答道。

散會後，高飛留下荀攸道：「軍師以為當如何對付丘力居？」

荀攸答道：「主公，丘力居在陽樂尚有五萬騎兵，其中突騎兵三萬，戰力十分強悍，如果硬拼，只怕會兩敗俱傷。如今公孫瓚尚在管子城，他的部下傷兵太多，一時半會兒恐怕不會進攻柳城。柳城的兵力相對薄弱，不如聲東擊西，佯攻陽樂，暗中直取柳城。」

高飛想了想，道：「此計不錯，那就由我和烏力登率領兩萬突騎兵直奔柳

城，軍師留守此寨，指揮趙雲等人佯攻陽樂，牽引住丘力居的兵力。」

荀攸道：「主公放心，屬下一定將丘力居的兵力牢牢牽引住，並且在此地等待和主公的回合。」

當夜漢軍防守的十分嚴密，烏桓人也沒有前來劫營，軍隊算是平安的度過了一夜。

第二天天還沒有亮，高飛便和烏力登一起帶著兩萬突騎兵出了營寨，朝著西北方向的柳城疾速奔馳而去。

太陽出來的時候，趙雲則帶著五千騎兵直奔陽樂城下，一字排開攻城的陣勢。

陽樂城上，丘力居看著前來攻打城池的五千騎兵，不屑一顧地道：「就這點兵力還敢來攻打城池？木葉丸，命你帶領一萬突騎兵出擊，務必要將那領兵將軍的人頭取下來。」

木葉丸朝丘力居施了一禮，緩緩地道：「大王，城下的兵馬是從遼東來的，蘇僕延暗殺高飛不成，反受其害，而烏力登繼任大人之後便投靠了高飛，高飛廢除遼東屬國，在那裡設立了昌黎郡，並且任命烏力登為鷹揚將軍，任命烏力登的弟弟烏力吉為昌黎太守。**烏力登帶著兩萬突騎兵跟隨高飛一起前來，可此時卻只來了五千人，難道大王不覺得奇怪嗎？」**

丘力居聽了道：「你是說……這是漢人的故意誘敵之計？」

木葉丸道：「雖然不敢肯定是誘敵之計，但這其中必定有詐。」

丘力居道：「那現在怎麼辦？」

「漢人多智，不敢正面和我們為敵，只使用奸詐的計策。我以為，大王只可堅守不動，任他如何叫罵，我們都不予理睬，只有如此方能避開漢人的奸計。我軍只需在城中養精蓄銳，過不了幾天，等漢軍銳氣盡去之時，就是我軍出兵之際。到時候城中五萬騎兵全部出動，必定能一舉將漢人擊潰。」

丘力居聽後哈哈笑道：「木葉丸，你不僅是我部下第一勇士，更是我的第一謀士，有你在我身邊，諒漢人有如何奸計，都無法得逞。」

木葉丸道：「大王過獎了，我只是做了我應該做的。」

丘力居笑道：「看來當初送你到洛陽求學，沒有白送。傳令下去，全軍緊守城池，沒有我的命令，誰也不准出城，違令者斬！」

「諾！」

城外，趙雲讓士兵不停地叫罵，從早到午，又從午到晚，陽樂城裡的烏桓人就是不出城。

當晚，趙雲帶著騎兵回到營寨，對荀攸道：「軍師，你這個計策還真管用，無論怎麼罵，烏桓人就是不出來。」

荀攸笑道：「昨天我軍從背後偷襲烏桓人時，烏桓人居然能夠做出正確的判斷，不和我軍為敵，而是選擇主動撤退，以至於我軍並未對烏桓人造成重創，**丘力居的部下裡面必定有智謀之士，所以，我才敢肯定丘力居不敢出城。**」

「軍師神機妙算，子龍佩服，和賈先生可謂不分伯仲。」趙雲讚道。

荀攸擺擺手：「子龍，你太高抬我了，我只是能夠清楚的認知戰場上的變化，從而做出正確的判斷而已，賈文和卻是料敵先機，用計往往先發制人，遠遠的勝出我一籌。」

趙雲道：「軍師和賈先生都是我所尊敬的人，也是主公的左臂右膀，兩位先生相輔相成，缺一不可，只有如此，才能輔佐主公成就王霸之業。」

荀攸沒想到趙雲對他的評價居然如此高，由衷地道：「多謝子龍讚賞，今天好好休息，明天繼續去城下叫罵。不過，明天要表現的散漫一點，給城中的人製造一種誘敵的假象，**只要他們不出城，就無法弄清我軍的虛實**，而且方圓十里內我已經讓華雄秘密布置了伏兵，一旦遇到有敵軍的探子，就予以射殺，只有如此，才能盡可能給主公多爭取一些時間。」

趙雲道：「子龍明白，軍師也早點休息，子龍告退。」

第二天，趙雲又帶著五千騎兵前去陽樂城下叫囂，這一次他按照荀攸的計策，叫罵一會兒後，便讓士兵下馬坐在地上，解去衣甲，正午時分，讓士兵肆無忌憚的大吃大喝，一點都沒有把城中的烏桓人放在眼裡。

城牆上，木葉丸隔一段時間便會來巡視一番，見到城下漢軍如此散漫，嘴角不禁揚起一抹笑容，自言自語道：「我聽說高飛的軍隊都是訓練有素，還曾經以兩萬多步兵在望平打敗三萬多鮮卑人，眼前這樣散漫的軍隊，絕對是想用來迷惑我，引誘我軍出城，然後進入他們的伏擊地點。哼，可惜我木葉丸也不是傻子，這種雕蟲小技，豈能騙過我的眼睛？」

木葉丸轉身走下城樓，任憑趙雲的人在城外叫囂，烏桓人就是不出城。

蒼茫的大地上，高飛帶領著烏力登和兩萬突騎兵在地平線上奔馳著。

高飛抬頭看了看天空，差不多要到正午了，對身後的烏力登道：「柳城還有多遠？」

烏力登答道：「不遠了，大概還有二十里地。」

高飛道：「傳令全軍，加速前進，再向前奔跑五里便停下來休息。」

「諾！」

沒過多久，大軍在距離柳城十五里的丘陵上停了下來，所有的人紛紛下馬，漫山遍野的坐下來，拿出乳酪和馬奶酒吃喝。

高飛取下頭盔，摸了一下披肩的長髮，拔出腰中長劍，向身邊的烏力登道：「把我的頭髮給割下來，弄成你們那樣的髮型。」

烏力登吃了一驚，道：「天……天將軍，你這是要幹什麼？」

高飛道：「我想到了一個計策，可以很輕鬆的騙開柳城的城門，所以，我必須打扮的和你們一樣，無論是髮型還是服裝都要一致。」

烏力登不解地道：「天將軍，我很愚笨，聽不太懂。」

高飛解釋道：「這裡離柳城不遠，柳城駐紮著差不多兩萬騎兵，這次我之所以帶領你和所有的突騎兵到這裡，就是為了這個計策。你們的手臂上纏著一個臂章，是為了區分你們和丘力居部下的人而弄的，可實際上，烏桓突騎乍一看之下，根本無法分辨，所以，我想讓你假冒丘力居的部下，騙開柳城城門，這樣一來，就可以不費吹灰之力占領柳城。**為了使這個計畫成功，我必須打扮得和你們一樣，來，把我的頭髮弄成你們那樣的髮型。**」

烏力登遲疑道：「可是……天將軍是漢人，漢人不是說身體髮膚，受之父母……」

高飛打斷烏力登的話，笑道：「我和其他漢人不同，我是天將軍，既然是天將軍，就有一顆包容一切的胸襟。區區頭髮不足為慮，現在剃掉了，以後還會長出來，何況快接近夏天了，剃個頭圖個涼爽，我早就想這樣了，今天正好如願。」

烏力登目光中露出崇敬之色，道：「天將軍，漢人的長劍我用不習慣，我用刀給天將軍髡頭，請天將軍恕罪。」

「好，你用什麼順手，就用什麼給我剃吧。」

烏力登拔出腰中的彎刀，當即給高飛剃起了頭，立即引來周圍烏桓人的圍觀。

高飛看著自己的頭髮一縷一縷的被割下來，不僅沒有感到不適應，反而覺得特別清爽。

烏力登弄完之後，癡癡地看著高飛。

其餘的烏桓人看到高飛留起和他們一樣的髮型，也覺得他們和高飛之間的距離一下子拉近了許多。不知道是誰先喊了一聲「天將軍萬歲」，其餘的人都跟著叫喊起來。

高飛接著從包袱裡取出一套和烏桓人一模一樣的衣服，穿上之後，活脫脫一

個烏桓人，完全看不到漢人的影子了。

休息過後，高飛對烏力登道：「傳令全軍，急速前進，今天務必要將柳城拿下來。」

「諾！」

大軍再次向前奔馳，高飛騎著烏龍駒一馬當先，烏力登和兩萬突騎緊隨其後，在蒼茫的大地上，所有的騎兵顯得是那麼的雄壯。

過了好一會兒，高飛帶著軍隊來到柳城下面。

柳城也是一個要塞，是漢軍防守鮮卑人用的，丘力居反叛時，迅速奪取了柳城，將其占領，並且派兵駐守，一方面可以防備鮮卑人襲擊背後，另一方面也可以作為單獨的據點使用。

守城的是一員小帥，仔細地瞧了瞧領軍的高飛和烏力登，見兩人十分面生，便朗聲問道：「你們是哪個部族的？從哪裡來？」

烏力登當先馳了出去，喊道：「遼王殿下獲悉白馬將軍公孫瓚將襲取此城，特命我等率領兩萬突騎兵前來支援，快點打開城門！」

那小帥見城下確實是兩萬突騎兵，烏力登又說的和他們一樣的語言，當即命人打開了城門。

小帥還親自到門口迎接，當接近高飛和烏力登時，還來不及發話，便被高飛拔出彎刀一刀斬在馬下，烏力登和其他突騎兵紛紛開始行動，將城門邊的人全部殺死。

「殺啊！」高飛揮舞著手中的彎刀，對身後的騎兵喊道。

高飛、烏力登率先突入城中，守城的烏桓人還搞不清楚是怎麼回事，便被砍下了頭顱。隨後，突騎兵魚貫入城，見到左臂上沒有繫金色羽毛臂章的人便是一通亂砍。

兵營在城池的西北角，四周都是高牆，只有一個出口，而且兵營裡也沒有馬匹，馬廄在兵營外面，高飛將這些烏桓人圍困在兵營裡，就等於控制了整個城池。

城中的烏桓人大多都在兵營休息，高飛指揮著突騎兵迅速占領了四個城門，自己則帶著一萬騎兵將兵營給包圍起來。

被包圍的烏桓人只有近身武器，弓箭都放在武庫裡，沒有馬匹，沒有弓箭的他們，試圖做著最後的掙扎，可是卻怎麼也衝不出兵營的大門，反而紛紛喪命在高飛的突騎兵手裡。

兵營裡的士氣開始低落下來，加上高飛讓士兵大聲喊著投降不死的口號，很

快便有人動搖了。

天色漸黑，經過一個多時辰的折騰，又饑又渴的烏桓人陸續從兵營裡走出來投降，柳城在毫無激情的戰鬥中畫上了圓滿的句號。

高飛知道這些烏桓人是被迫投降的，沒有給他們發放武器，仍舊讓他們住在兵營裡，並且暗中派遣兩百可靠的人混在其中，探聽這幫降兵的真實想法，並從中蠱惑那些降兵真心實意的投靠他。

第二天，高飛將混在降兵裡的兩百人叫了出來，讓他們找出對他最有怨言的人，用殺雞儆猴的策略當場斬殺了五百人，使那些降兵對他都感到十分畏懼。

高飛沒有在柳城停留，帶著所有兵馬和糧草輜重前往陽樂，他自己帶五千騎兵先走，讓烏力登負責押後。

與此同時的陽樂城，趙雲一連三天的叫罵徹底迷惑住了城中的烏桓人，荀攸則利用這三天時間加固營寨，加強防守。

第四天早上，荀攸估計柳城已經展開戰鬥，也不再派人去陽樂城下叫囂了，而是靜靜地守在營寨裡，等待高飛帶領軍隊從柳城勝利而來。

陽樂城裡。

木葉丸再一次登上了城樓，看到城外毫無漢軍的影子，心中感到一絲的驚奇，急忙對身邊的士兵問道：「漢軍今天沒有來嗎？」

士兵答道：「沒有，從早上到現在，都未看見一個漢軍的影子。」

木葉丸似乎意識到了什麼，自言自語地道：「漢軍該不會是撤退了吧？」轉過身對一旁的一個小帥道：「派出去的探馬可有什麼消息傳來嗎？」

小帥搖搖頭道：「探馬是回來了，可是沒有一點消息，漢軍在二十里外封鎖了進出道路，就連周圍的密林中也安插了暗哨，根本無法靠近漢軍的營寨。」

木葉丸眼睛骨碌一轉，喃喃道：「糟了，**中了漢軍的緩兵之計了**。你速速傳令下去，點齊一萬突騎兵，在城門邊候著，我這就去見大王。」

當即下了城樓，以最快的速度來到太守府，進了大廳，見丘力居還在飲酒，立刻叫道：「大王，漢軍一連三天不停的叫囂，今天卻突然中止，我認為漢軍是退兵了，懇請大王給我一萬突騎兵，我從後追擊，務必不讓漢軍逃遁。」

「好，我給你兩萬突騎兵，務必要將高飛的人頭提來見我。」丘力居怒道。

「諾！屬下一定將高飛的人頭砍下來，獻給大王！」木葉丸重重地答道。

木葉丸帶著兩萬烏桓突騎出了城，直撲向三十里外的漢軍大營。

當他帶著大軍向前行走了十里路時，前方的探馬回來報告道：「啟稟大人，漢軍大營已經空無一人，營內的漢軍全部不知去向。」

木葉丸聽後急忙問道：「前方可發現什麼可疑的地方嗎？」

「並無可疑之處。」

木葉丸哈哈笑道：「太好了，漢軍定是懼怕我軍了，應該撤回管子城了，我們沿著去管子城的路追，他們應該沒有走多遠，我們快追，務必要一舉將那些漢軍擊潰。」

命令下達後，木葉丸再無顧慮，直接帶著兩萬大軍向前急衝而去。

大軍很快來到漢軍駐紮的大營，木葉丸見大營裡一片狼藉，像是倉皇逃竄，便命令身後的騎兵全速前進，加緊追擊漢軍。

一行人又向前行走了約莫二十里，忽然看見前方一彪兵馬擋住去路，一面「趙」字的大旗迎風飄揚。木葉丸定睛看去，正是一連三天在城下叫罵的趙雲。

趙雲綽槍立馬，冷笑道：「木葉丸，你終於肯出城了，我在這裡等候你多時了，今日這裡便是你的葬身之地。」

話音剛落，但聽一通鼓響，華雄帶著人從左邊的丘陵上殺了出來，龐德則帶著騎兵從右邊殺出，兩邊樹林裡旗幟飄動，樹林後面煙塵滾滾，讓人無法分辨到底有多少兵馬。

「糟糕，中計了！快撤退！」木葉丸調轉馬頭，揮舞著手中的彎刀，朝後面大聲喊道。

兩萬烏桓突騎被三面夾擊，頓時陷入了混亂，被三面衝過來的漢軍一陣左衝右突，只一會兒工夫便死傷了一兩千人，其餘人紛紛向後撤退。

趙雲、華雄、龐德合兵一處，向前追擊了一兩里路，便停了下來，樹林後面跑出幾十名士兵，座下的馬匹在尾巴上都拴著一根樹枝，拉得到處塵土飛揚。

看到木葉丸退走，華雄當即豎起了大拇指，讚道：「軍師真是神機妙算，木葉丸果然在今天出來了，只可惜軍師給的兵馬不多，不然的話，我們定能痛痛快快的殺上一場。」

趙雲笑道：「**這是疑兵之計**，我們兵少，敵軍兵多，如果硬拼的話，只會吃虧而已。剩下的事情就交給張郃、太史慈和公孫瓚的白馬義從了，現在開始打掃戰場。」

木葉丸遇到埋伏，折損了兩千多人，心中十分懊惱，見背後面漢軍沒有追來，長長的出了口氣，算是放下心來。

可是，木葉丸向前走了不到十里路，忽然從官道兩邊的樹林裡射出許多箭矢，太史慈手持大戟，率領著一千騎兵從後面衝了出來，緊緊地咬住尾部的烏桓突騎。

木葉丸沒有想到這裡還有伏兵，一個勁的大叫著「撤退」，冒著被箭矢射中的危險，快速地衝了過去。

就在這時，道路左邊張郃率領三千騎兵突然攔腰殺了出來，右邊的公孫越、嚴剛率領兩千白馬義從也殺了出來，兩股部隊將潰敗的烏桓軍一分為二，斬斷了尾部的五千騎兵，在弓箭手的配合下，合力猛擊這些烏桓兵。

木葉丸早已顧不上這些了，他一知道中了漢軍埋伏，第一個反應就是逃走，因為他知道，漢軍的部隊有三萬大軍，他在兵力上不占優勢，加上又中了埋伏，軍心渙散，與其苦戰，不如迅速撤退。

木葉丸也不管後面有沒有追兵了，直接命令所有逃出來的軍隊全部回城，沒命似的向陽樂潰敗。

被漢軍包圍的烏桓兵早已失去戰心，很快便被漢軍合力擊殺。半個時辰後，這場伏擊戰終於結束，漢軍的士兵開始清理屍體，統計戰況。

荀攸帶著親隨來到戰場，看著地上的屍體，淡淡地道：「看來這次烏桓人不會再輕易出城了。」

傍晚時，大軍陸續回到原本的營寨，這次的伏擊戰打得非常漂亮，漢軍以五百多人陣亡、一千多人受傷為代價，一舉殺死了烏桓人近七千的騎兵，而且還都是突騎兵。回到營寨的將士們無不佩服荀攸的計策，沉浸在勝利的喜悅當中。

中軍大帳裡，趙雲、太史慈、張郃、華雄、龐德、公孫越、嚴剛都對荀攸給予了極高的評價，不停地說他用兵如神之類的話。

荀攸卻不驕傲，淡淡笑道：

「這次的勝利並不算什麼，只有把丘力居給打跑，才能真正還遼西一個安定。如今丘力居還在陽樂城中，雖然折損了七千突騎兵，可是在實力上還是要強過我們一些。今天突騎兵突然遭受攻擊而驚慌失措，並不代表這就是他們的真實戰鬥力，所以大家不要驕傲，也不能自滿，必須謹慎對待每一件事。

「這幾天好好在軍營裡休息，撤去外圍的暗哨，縮小防守範圍，在大營裡多置旌旗，千萬不能讓對方知道我們只剩下這一萬多人。主公去柳城快回來了，我們必須在這裡靜靜等待著，等著和主公會合之後，開始展開對陽樂城的攻擊行動。今天大家都累了一天了，都下去休息吧。」

「諾！」眾人答道。

木葉丸逃回陽樂城後，便直接去了太守府。

木葉丸跪在地上，向丘力居請罪道：「大王，屬下不才，中了漢軍的奸計，折損了七千突騎兵，請大王責罰屬下吧！」

丘力居擺擺手道：「算了，對手可是高飛，聽說他用兩萬多步兵便擊潰了鮮卑步度根的三萬多騎兵，這下知道對方的實力後，那就不能掉以輕心了。漢人本來就奸猾，這兩天先在城裡歇歇，過兩天，我親自率領大軍去攻打城外的漢軍，定要將他們團團包圍起來。」

「屬下多謝大王！」木葉丸慚愧地道。

丘力居道：「你下去吧，讓士兵休息幾天，三天後，我親自率領軍隊和高飛決戰。」

「大王出馬，定能將那高飛的人頭取來，屬下這就吩咐下去，讓所有人好好休息幾天，養精蓄銳，以準備三天後和漢軍決戰。」木葉丸道。

之後的兩天時間裡，雙方都暫時停止了軍事活動，漢軍一直在大營裡，丘力居則躲在城裡，形成了對峙的階段。

調虎離山

「啟稟大王，大批漢軍出現在西門、北門方向，看不清到底來了多少人。」一個烏桓兵從西門方向奔馳而來，道。

丘力居一拍大腿，叫道：「不好，中了漢軍的調虎離山之計了，趕快將士兵調往西門北門，千萬要守住城門。」

漢軍大營裡，荀攸已經讓斥候將陽樂城調查得一清二楚了，他正在盤算著怎麼攻打陽樂城，隨即聽到外面的士兵大聲喊著「恭迎主公」的話語，便急忙站了起來。

捲簾掀開，高飛一身戎裝的走了進來，荀攸見到高飛的髮型大吃一驚，高飛歡喜地道：「這是為了騙開柳城城門才剪的，軍師不必在意，以後頭髮還會長出來的。」

荀攸嗯了聲，拱手道：「恭迎主公！」

高飛走上前去，一把握住荀攸的手，開心地道：「前兩天軍師巧妙設伏，殺死了七千突騎兵，給我軍壯了聲勢，這件事可是大功一件，不知道現在陽樂城裡怎麼樣了？」

荀攸道：「啟稟主公，這兩日陽樂城裡毫無動靜，丘力居一直固守在城裡。」

高飛聽了道：「嗯，如今我已經攻下柳城，如同斬斷丘力居的一隻臂膀，這兩天我們就傾全力和丘力居一戰，爭取一戰定勝負，不能再這樣耗下去了。」

「諾，屬下會儘快想出攻城的策略來，儘量將傷亡減小到最少。」

高飛點點頭，笑道：「辛苦軍師了。」

第三天清早，突然從遠處傳來一陣急促的馬蹄聲，將漢軍從睡夢中驚醒。

高飛急忙走出營帳，見營寨外面聚集了許多的烏桓騎兵，領頭的便是丘力居。他忙命令在寨門附近增加弓箭手，命令將寨門緊閉。

丘力居騎著一匹高頭大馬，身後是第一勇士木葉丸，再後面是成千上萬的烏桓突騎，漫山遍野的排開，大約有五萬多騎兵，對漢軍營寨形成了半包圍的局面。

他策馬向前走了幾步，衝營寨裡大聲喊道：「我乃堂堂遼王，你們這些人要是還想活命的話，就快快束手就擒，如果執意抵抗，我今天定要踏破你們的營寨。」

高飛冷笑一聲，道：「丘力居，我乃大漢安北將軍，你公然反叛大漢，已經是叛賊無疑，你若是肯乖乖的放下武器，前來投降，我必定奏請朝廷封你為王。」

雖然知道丘力居不會乖乖的就範，但是**先禮後兵的道理，高飛還是知道的**，他說那一番話，也沒有指望丘力居就會真的投降，只是為了拖延一點時間而已，好讓更多擅於射箭的弓手來到門邊，增加寨門的防禦力量。

果不其然，丘力居將手向前一揮，便見一萬突騎兵快速的衝了過來，馬頭上各拴著兩把長槍，槍頭在陽光映照下閃閃發光，發著森寒的光芒。馬背上的騎兵則人人挽弓射箭，將密如蝗蟲的箭矢射進營寨。

戰鬥一觸即發！

「放箭！」高飛看著駛來的烏桓突騎，對身邊的弓箭手大聲地喊道。

兩軍的箭矢在空中飛舞，漢軍有營寨的柵欄作為防護，箭矢多被擋在柵欄外面，只有極少數的箭矢透過縫隙射進了漢軍士兵的體內。那些前來突擊的烏桓突騎卻毫無掩護，身上只不過披著一層皮甲，被漢軍箭矢一陣亂射之後，衝在最前面的士兵連人帶馬紛紛倒地。

第一波箭矢剛剛落下帷幕，第二波箭矢便緊接著對射起來，只是這一次烏桓突騎離營寨越來越近了，他們手中射出的箭矢也越過了柵欄，射傷不少嚴陣以待的士兵。

烏桓突騎紛紛利用精良的騎術躲避漢軍射來的箭矢，他們每射完一箭，便來一個蹬裡藏身，將自己藏在馬肚下面，等到可以射出下一箭了，再從馬肚底下露出身影。

高飛見烏桓突騎的攻勢很猛烈，當即對身後的眾將喊道：「太史慈帶領部下三千精銳弓箭手寨門右翼掩護，張郃帶領三千弓箭手寨門左翼掩護，趙雲、華雄、龐德，帶領三千突騎兵候命，公孫越、嚴剛帶領所有白馬義從候命。」

聲音落下後，又對身邊的三千弓箭手喊道：「五個人瞄準一個騎兵，前方還有拒馬和鹿角，可以阻擋他們一陣，給我狠狠的射，射死他們！」

「諾！」

烏桓人的突然到訪讓高飛沒有太多準備時間，現在唯一能夠期望的，就是希望烏力登帶著從柳城回來的騎兵從背後殺出來。

烏桓突騎現在才真正的展現出驚人的實力，他們在衝到鹿角和拒馬前面的時候，突然止住了前進，分成左右兩列，繞著營寨奔跑，不停地朝營寨裡放箭。後面趕來的一波騎兵則揮舞著套索，將鹿角和拒馬紛紛拉開，拖著那些東西向一邊跑去，逐漸退出戰場。

此時，分散在兩邊的士兵也用同樣的辦法將鹿角和拒馬清理乾淨，後面再湧上來的騎兵便是一個個手持長兵器的士兵。

烏桓突騎快速的奔跑過來，所有的騎手都伏在馬背上，或藏身在馬肚子下面，任由座下那些頭兩側插著長槍的馬匹朝前沒命的奔跑，速度之快令人咋舌。

寨門已經無法阻擋那些騎兵的衝撞了，只剩下弓箭手還在拼命的射箭，雖然不斷有馬匹被射倒，卻無法阻止那些騎兵的進攻。

「糟了，快撤！」高飛見那些衝撞過來的馬匹，急忙下達了命令。

所有守在寨門邊的弓箭手開始後撤，這邊剛撤下來，那邊便聽見「轟」的一聲巨響，一排馬匹毫不猶豫的衝撞上木製的柵欄，緊接著後面衝過來三波馬匹，

硬是借用馬匹的衝撞力將寨門的柵欄給撞毀，那些馬全部壯烈陣亡了，而駕馭牠們的騎手卻不知道什麼時候離開了馬匹，分散在兩邊向後跑去。

馬匹的屍體堆積成一道新的防線，漢軍的弓箭手剛拉開手中的弓箭，便見烏桓突騎一個接一個躍過那堆屍體，衝進了營寨。

「弓箭手撤退，騎兵出擊！」高飛立刻下令道。

命令一經下達，趙雲、華雄、龐德、公孫越、嚴剛帶著早已等候多時的騎兵迅速衝了上去，擋在弓箭手的前面，和衝進營寨來的烏桓突騎展開了廝殺。

「太史慈，你帶領三千弓箭掩護騎兵作戰，其餘人全部上馬，準備迎擊烏桓人。」高飛見不斷有烏桓突騎衝了進來，而趙雲等人只有五千騎兵，面對數萬大軍還是吃虧，當即喝令道。

一聲令下，太史慈帶著他親自訓練出來的三千精銳弓箭手，散布在營寨裡，紛紛朝烏桓突騎射出箭矢，掩護混戰中的騎兵部隊，高飛、張郃則帶著弓箭手全部換上了長兵器，上馬迎擊衝進營寨裡的烏桓突騎。荀攸指揮剩下的人，將成捆的箭矢運送到太史慈等人的身邊，並且保護營寨中的糧草輜重。

一時間，漢軍大營裡陷入了一場混戰。

廝殺了一會兒，高飛、趙雲、張郃、華雄、龐德等人各自率領著自己的親

軍，只要將丘力居的中軍擊潰，迫使丘力居退走，這場戰鬥就算勝利了。」

「諾！」眾將齊聲答道。

高飛大喝一聲，舞著手中的遊龍槍，背後趙雲、張郃、華雄、龐德、公孫越、嚴剛等人緊緊跟隨，六千騎兵擰成了一股繩，向對面山丘上的丘力居衝了過去。

前來阻擋的烏桓突騎很快便被高飛帶領的這股騎兵衝破了一個口子，大軍呈現尖錐型的狀態。

丘力居本來正在高興中，突然看見高飛帶著大軍捨棄了守衛營寨，徑直向他衝了過來，他大驚失色，急忙下令道：「快回防，擋住他們！」

丘力居的中軍只有一千多騎，其餘的兩萬多騎全部分散在漢軍營寨周圍，距離丘力居相距太遠，而且高飛的馬速度很快，一溜煙的功夫，便奔馳到一半的距離。

守衛中軍的士兵紛紛朝高飛射出箭矢，高飛或用手中的長槍撥開箭矢，或者藏身在馬肚下面。箭矢從他的耳邊「嗖」的飛過，他的雙眼緊盯著丘力居，毫不猶豫地便衝了上去。

丘力居急忙調轉馬頭，退到了隊伍的最後，指著高飛，對身邊的人大聲喊

道：「快射死他！」

成百上千的箭矢如同雨點一般朝高飛密集的落了下來，高飛用長槍撥開射來的箭矢，卻聽到座下烏龍駒發出悲壯的嘶鳴，向前跑了沒幾步路，突然轟然倒地，將高飛從馬背上掀翻下來。

就在這時，一支長箭朝著高飛射了過來，他來不及躲閃，正中右臂，疼痛占據了他全身的感覺，讓他不由得發出一聲大喊。

「主公！」趙雲、張郃看見高飛倒地中箭，都大聲地喊了出來。

高飛還來不及爬起來，一抬頭便見許多箭矢飛了過來，他忍著疼痛，揮舞著手中的遊龍槍，猶如一面巨盾，將箭矢全部擋在外面。

就在這時，趙雲、張郃等人帶著騎兵衝了過來，眾人避開在地上躺著的高飛，直接撞向守衛丘力居的中軍。跑在最後面的二百騎兵急忙將高飛護衛起來。

營寨裡，荀攸看到高飛帶著士兵衝向丘力居的中軍，當即大聲喊道：「丘力居敗了，丘力居敗了！」

寨後不明真相的烏桓人一聽到這聲呼喊，立刻沒了戰意，加上太史慈帶兵勇猛作戰，他們沒有討到便宜，紛紛朝四處逃竄開來。

趙雲、張郃、華雄、龐德、公孫越、嚴剛按照高飛的指示，猛攻中軍，丘力居見來的人各個如同虎狼，趕忙帶著二百親隨在木葉丸的護衛下迅速離開戰場，逃得十分倉惶。

擊潰中軍之後，趙雲等人擔心高飛，沒有再繼續追擊，回到高飛身邊，將高飛團團圍住。

烏桓人見丘力居退了，漢軍又都勇猛起來，都沒了戰心，紛紛四處逃竄，從各個道路返回陽樂城。

就在這時，烏力登帶著從柳城回來的騎兵攔住丘力居部下的去路，將丘力居的部下全部包圍在一起，凡是投降者全部不殺，抵抗的全部殺掉。

戰鬥接近尾聲，高飛捂著右臂，用手掰斷箭矢的尾部，留下箭頭還埋在他的胳膊裡。

趙雲等人見到高飛都跪了下來，異口同聲道：「末將等護主不力，請主公責罰！」

高飛擺擺手道：「**這是戰爭，是戰爭就會流血，就會死亡**，我早有心理準備，剛才那陣箭陣當真好險，差點被射成刺蝟。現在我身上只有一處箭傷，算是不幸中的大幸了。」

高飛用中央突破的戰術擊退了丘力居，其他的烏桓人也開始潰散，烏力登率軍及時趕到，很快便橫掃了整個戰場。

春日和煦的陽光照在這片戰場上，漢軍的大營附近已是血流成河、屍體如山，空氣中瀰漫著血腥味，營寨也早已破爛不堪。

看到戰場上的一幕，高飛朗聲道：「全軍後撤十里，華雄、龐德清掃戰場。」

在眾人的護衛下，高飛連同輜重被護送到後方十里，張郃帶著士兵開始安營紮寨。趙雲叫來軍醫，幫高飛將右臂中的箭頭給取了出來，上藥用繃帶包紮好。

兩百飛羽軍環繞在高飛的身邊，組成一個十分嚴密的防護網，高飛坐在高崗的一塊岩石上，看著陸續從前方戰場退下來的受傷士兵，心中懷著愧疚。他的右臂傳來陣陣疼痛，使他不能隨便挪動，這還是他第一次受傷。

傍晚時，大軍全部退了回來，前方戰場上烏桓人的屍體全部被拋到破舊的營寨裡，用大火給燒毀了，漢軍的士兵則就地掩埋，就連烏龍駒也葬在黃土中。

這一次戰鬥可謂是真正的苦戰，一萬五千人的軍隊只剩下不到九千人，戰死了一大半，而殺死的敵軍士兵不過一萬三千多而已。

新的營寨搭建好了，這一次立下的營寨要牢固許多，先用數千根木樁夯入地下，再在木樁的基礎上搭建營寨，而且從附近的丘陵上找來許多石塊，環繞在營寨的周圍。

中軍大帳裡，高飛抬著受傷的右臂，環視眾人道：「這次都怪我，我太低估了烏桓突騎兵的實力，管子城、柳城的戰鬥基本上沒有費什麼力氣，讓我對烏桓的突騎兵放下了戒備，沒想到突騎兵的攻勢竟然如此猛烈，如果不是烏力登及時趕到的話，那我們就真的要全軍覆沒了。唉！」

眾將心裡都不是滋味，異口同聲地道：「主公，我等護主不力，還請主公責罰！」

高飛搖頭道：「這跟你們沒有關係，是烏龍駒速度太快，我就很容易成為敵軍的箭靶，所幸我只受了點輕傷，沒有什麼大不了。軍師，公孫越和嚴剛的傷勢如何？」

荀攸道：「公孫越身中兩箭，嚴剛中了三箭，所幸的是，兩個人都沒有傷到要害，只需靜養一段時間即可。他們兩人部下的兩千白馬義從也所剩無幾了，大約還有三百多騎。」

高飛道：「算了，以後就不讓他們參戰了，白馬義從雖說是公孫瓚帳下的精

銳騎兵，可是沒有好的騎將指揮，對付烏桓突騎的話，恐怕會很吃力。好在我從柳城帶回來一萬兩千五百名烏桓降兵，對於缺少兵力的我們來說，是一個極大的助力。現在我軍總兵力在三萬人左右，也就是說，還有和丘力居放手一搏的實力，可是我不想再這樣硬拼下去了，必須想個辦法將丘力居一戰擊潰，讓他向幽州西部的郡縣逃遁，退出遼西。」

荀攸想了想，道：「如果只是讓丘力居單純的退出遼西的話，屬下倒有個計策，只是這個計策實行起來，可能要費一些時間。」

高飛急道：「只要能夠讓丘力居退出遼西，且不損害我軍戰力的情況下，哪怕是用上一個月的時間，我也可以跟丘力居耗下去！」

荀攸笑道：「用不了那麼久，十天時間足矣。」

太史慈催促道：「軍師，你就別賣關子了，到底有什麼辦法，快點說出來吧！」

荀攸道：「如今丘力居又敗了一陣，而我軍又有援軍加入，想必丘力居不會再輕易出戰。這樣一來，我軍就可以利用這幾天的時間不斷地襲擾丘力居，製造出攻城的假象，各部輪班，日夜不停的進行襲擾，做出佯攻陽樂的舉動來。這樣一來，相信用不了幾天，丘力居和城中的烏桓人就會心驚膽戰，不戰自退。」

高飛聽了，回想了一下，暗道：「我記得劉備和曹操在漢中對戰的時候，諸葛亮便是用日夜不停的襲擾戰術迫使曹操退軍，這個計策確實不錯。」

華雄不解地問道：「軍師，光靠襲擾陽樂城，丘力居就真的能夠不戰自退嗎？」

荀攸笑道：「當然，以我的預測，如果採取這樣的戰術，三天之內，丘力居必定退出陽樂城向西遁去。」

高飛道：「丘力居的老巢在盧龍塞以北的平岡，只要將他逼到盧龍塞外就可以了。這個計策雖然能令丘力居不戰自退，但是丘力居的手中尚且握著差不多三四萬的騎兵，如果不利用這個機會重創丘力居的話，只怕他回到平岡後仍舊會捲土重來，別忘了，難樓和烏延仍在幽州西部的各郡縣中為亂，手中的兵馬加在一起不下八萬，所以必須利用這次機會一舉擊潰丘力居。」

烏力登道：「天將軍，從這裡到平岡有二百里都是險地，而且必須要經過白狼山，那裡地勢險要，如果能夠在那裡設下埋伏的話，便可以重創丘力居，甚至可以追擊到平岡，直逼丘力居的老巢。」

高飛當即道：「拿地圖來！」

趙雲將地圖送了上來，平攤在桌子上，指著地圖上的幾個點，道：「主公，

這裡便是白狼山、這裡是平岡。」

高飛看著地圖，見從陽樂向西逃遁的話，是一條彎彎曲曲的道路，要先經過柳城，再轉入白狼山，然後又從白狼山向北進入平岡。如此曲折的道路，確實可以設下許多埋伏地點。如果要徹底擊潰丘力居的話，就要直逼平岡老巢，但是他的兵力不夠，這也是讓他頭疼的一件事。

正思慮間，一個親衛走了進來，拱手道：「啟稟主公，護烏桓校尉公孫瓚帶領一萬兩千軍隊前來支援，現在公孫瓚已經抵達寨門。」

「哦？快讓他進來！」

高飛正愁兵力不足，公孫瓚帶兵前來，無疑是雪中送炭。

「主公，如果能夠連同公孫瓚的兵馬一起指揮的話，或許可以重創丘力居，使其一蹶不振，再對付難樓和烏延就要簡單多了。」荀攸道。

高飛道：「嗯，我是安北將軍，他是護烏桓校尉，在官階和俸祿上，我要高他一點點，看來這一次必須要聯合作戰了，否則的話，以後的幾年時間裡，烏桓人都不會消停下去。」

不多時，公孫瓚獨自一人走進了大帳。

「見過高將軍！」

「看座！」高飛吩咐道。

士兵立刻增加一個胡凳，放在離高飛最近的位置。公孫瓚也不客氣，一屁股坐在凳子上，拱手道：「多謝將軍，我接到高將軍派人送來的書信，沒想到高將軍能夠不費吹灰之力便攻克了柳城，既然柳城被攻克了，那我也就沒有去的必要了，所以帶領兵馬前來支援高將軍。」

高飛哈哈笑道：「公孫將軍來得正好，我正需要援兵呢，我已經制定了一套戰略計畫，利用這個計畫能夠徹底打敗丘力居，不知道公孫將軍可否願意聽從我的指揮？」

公孫瓚先是怔了一下，隨即道：「論官階，我在高將軍之下，既然是攻擊烏桓人，那我就義不容辭了，我部下尚有兩千騎兵，一萬步兵，只要能一舉擊敗丘力居，我甘願聽從高將軍的調遣。」

高飛道：「太好了，公孫將軍，我現在讓你帶著部下所有兵馬馳往柳城駐守，並且在柳城通往白狼山的必經之路上設下埋伏，短則五天，長則七天，丘力居的大軍必定會從那裡經過。到時候公孫將軍就可以予以猛烈打擊，但是切記不要窮追，只需將丘力居的有生力量消滅便足夠了。」

公孫瓚不解地道：「高將軍既然讓我設下了埋伏，為什麼不讓我追擊敵軍

呢？一旦丘力居從白狼山遁走，逃回老巢平岡的話，那豈不是放虎歸山嗎？」

高飛笑道：「這個公孫將軍不用愁，我自然會引兵在白狼山設下第二道埋伏，第二道埋伏便是給予丘力居毀滅性的打擊地點。」

公孫瓚道：「那讓我去白狼山埋伏吧，我戎馬半生，基本上都是在和鮮卑人和烏桓人進行交戰，驅逐胡虜就是我的使命。」

高飛搖搖頭：「不行，公孫將軍的部下都是傷兵，而且有一萬是步兵，如果丘力居突破了防線，那公孫將軍該如何追擊呢？」

公孫瓚無奈地道：「那……好吧，我就率領本部人馬在柳城設伏，只要能徹底擊敗丘力居，剩下的難樓和烏延就容易對付了。」

當夜，高飛在大帳中將制定的策略和盤托出。

公孫瓚決定連夜趕往柳城設伏，臨走時，將公孫越、嚴剛和剩餘的三百多白馬義從一起帶走。

高飛親自將公孫瓚送出了營寨，回到大帳時，便對自己的部下吩咐道：「計畫你們都已經清楚了，這次白狼山是設伏的關鍵所在，我準備以兩萬的兵力親赴白狼山，這裡就交給軍師負責，日夜不停的進行襲擾。」

眾將聽後，異口同聲地道：「主公傷勢未癒，怎麼能再度犯險，不如讓末將等前去設伏吧。」

高飛環視了一下趙雲、張郃、太史慈、華雄、龐德、烏力登六人，道：「我明白你們的的心情，可是這次是一舉擊潰丘力居的絕佳機會，我必須親自應付。我這點小傷算不了什麼，比起其他士兵缺胳膊少腿的要幸運多了。華雄、龐德留在這裡，協助軍師對陽樂城進行襲擾；趙雲、張郃、太史慈、烏力登，你們各自率領五千騎兵跟我走，多帶一點乾糧和水。」

眾人面面相覷，將視線移到荀攸的身上，期望荀攸能夠勸慰高飛。

荀攸捋了捋下巴上的鬍鬚，道：「主公的脾氣你們都知道，既然是已經決定的事，就不會輕易改變。考慮到主公的傷勢問題，我會派一名軍醫跟隨，你們要是真的為主公擔心的話，以後就別讓主公衝鋒陷陣，好好的保護好主公。」

高飛道：「軍師，今夜我們就出發，而且今晚你就可以開始進行對陽樂城的襲擾，製造必要的混亂，讓丘力居無法揣摩我軍的行蹤。」

荀攸點點頭道：「主公放心，這裡就交給我和華雄、龐德，最遲五天，我定會讓丘力居主動退出陽樂城，到時候我會派遣華雄沿途追擊，到白狼山和主公會合。」

高飛朗聲道：「好了，各位將軍，現在就開始行動吧，各自點齊五千兵馬，帶上足夠的食物和水，連夜出發。」

「諾！」

吩咐完畢之後，高飛點齊兩萬騎兵，帶領著趙雲、張郃、太史慈、烏力登四個人連夜朝白狼山而去。

烏龍駒戰死了，此時高飛換上一匹同樣是黑色皮毛的戰馬，兩萬騎兵遠離漢軍營寨，越走越遠，逐漸消失在夜色當中。

漢軍營寨裡，荀攸、華雄、龐德也沒有閒著，三個人聚集在中軍大帳中。

「從今天起，華雄、龐德，你們兩個人輪番休息，將手下的五千兵馬各自分成五個部分，交給你們手下的都尉去帶領，在陽樂城四周多置旌旗、戰鼓，其中一千人分散在四個方向，每二百五十人為一隊，交由軍司馬去統領，在馬尾上拴上樹枝，繞城一圈奔跑，其他人則分別在各自的城門前擂鼓、吶喊，一天十二個時辰不間斷地騷擾敵軍，每天六個時辰一換班。」荀攸吩咐道。

荀攸又補充道：「記住，三實七虛，每十次襲擾裡面，必須有三次現出兵馬，佯攻城池，並且散布援軍到來和包圍城池的消息。好了，今天從華雄開始，率領五千人趕快去陽樂城四周布置，二更、三更、四更的時候開始襲擾，早上龐德會帶兵去換班。」

「諾！」

荀攸吩咐完，華雄、龐德走出中軍大帳。

荀攸對帳外的士兵喊道：「來人！你速速前往昌黎郡，告訴昌黎太守烏力吉，讓他徵調當地烏桓勇士五千人到這裡來，作為援軍。」

「諾，屬下這就親赴昌黎。」

陽樂城中。

剛剛吃了敗仗的丘力居心裡十分的不爽，在太守府的大廳裡喝著悶酒。一想起白天的事，他整個人都要氣歪了。本來占上風的他，卻因為中軍力量薄弱，竟被高飛反敗為勝。

「啪！」丘力居將手中的酒杯摔在地上，酒杯被摔得粉碎。

木葉丸從外面走了進來，看到丘力居如此生氣，便上前勸慰道：「大王，勝敗乃兵家常事，這次是我們太大意，低估了高飛的實力。只要讓軍隊稍微休息幾天，就能夠再次給漢軍一個重擊，取得勝利。」

「話雖如此，可是本王的心裡就是不爽，本以為幽州只有公孫瓚難以對付，沒想到又多出一個高飛。早知道是這樣，我就應該讓難樓、烏延的兵馬全部到遼東來，先行滅掉高飛。」

木葉丸道：「大王，如今我們還有四萬突騎兵，在平岡尚有七八萬族人，如果大王真的想一舉滅掉大漢的話，當初就應該動用所有的族人一起進行征伐，而不是單單以突騎兵進攻漢人的城池。」

丘力居道：「這個道理我自然懂得，可是平岡是我們祖輩居住的地方，加上北邊草原上的鮮卑人一直虎視眈眈，萬一我讓幽州境內的三十餘萬烏桓人一起發動對大漢的進攻，鮮卑人就會趁機襲取我們的背後，到時候雖然能夠迅速奪取河北大片土地，無疑會讓我們陷入漢人和鮮卑人的夾擊當中。

「鮮卑人的大聯盟因為檀石魁的死而瓦解了，各部相互攻伐，都想入主中原，而我們是他們的第一道屏障，就算當時我想和鮮卑人進行談判，也無法讓那麼多部落的鮮卑人一致和我們友好相處。除此之外，難樓、烏延以及我們部族裡的人絕大多數都反對這次戰爭，我能夠抽調出來七萬精銳的突騎兵，已經是極限了。木葉丸，你說我們真的能夠入主中原嗎？」

木葉丸當即道：「一定能，我在洛陽求學時，大漢朝廷的腐朽我十分的瞭解，加上這兩年大漢先經歷了黃巾之亂，後有涼州叛亂，國力日漸衰弱，正是我們烏桓崛起的時候。」

「話雖如此，可是我們出師不利，本來能將公孫瓚牢牢的困在管子城，半道卻殺出一個高飛。而且高飛還收服了遼東屬國的八萬烏桓人，這無疑對我們造成極大的阻礙。難樓、烏延也是迫於我的壓力才肯出兵的，如果我敗了，難樓、烏延很有可能會和漢軍妥協。所以，我絕對不能敗，為了我們烏桓，我也一定要打敗公孫瓚和高飛！」

丘力居的話音剛落下，便隱約聽見了隆隆的鼓聲，他急忙朝外面喊道：「哪裡擂鼓？」

這時，一個烏桓人跑了進來，道：「啟稟大王，漢軍……漢軍開始攻城了！」

「你說什麼？」丘力居立刻站了起來，「你說的是真的嗎？」

那烏桓人道：「千真萬確，聽說白馬將軍公孫瓚帶兵前來支援，而且柳城也被攻克了，漢軍實力大增，現在東門、南門兩處火光大起，鼓聲隆隆，吶喊聲更是響徹天際，不知道來了多少人。」

丘力居當即對木葉丸道：「跟我出城迎敵！」

來到城樓上，丘力居遙見東、南兩地火光閃爍，巨大的鼓聲在耳邊迴響，其

中夾雜著震天的吶喊聲，一時間也搞不清到底來了多少漢軍，急忙吩咐道：「快令北門支援東門，西門支援南門。」

一聲令下，城中的士兵開始調動起來，可是沒等士兵跑到所要支援的地方，東、南二門的火光便全滅了，就連吶喊聲、鼓聲也同一時間消失了。

丘力居看到這一幕後，感到十分的奇怪，不禁問道：「這是怎麼回事？」

漢軍突然偃旗息鼓，讓丘力居和城中的烏桓人都摸不著頭腦，心裡畫上了一個問號。

木葉丸看了看四周，對丘力居道：「大王，看來是漢軍的騷擾，應該不會是真的來攻打城池，以屬下看……」

「咚咚咚……」木葉丸的話還沒有說完，便立刻聽見西門、北門傳來了陣陣的鼓聲，吶喊聲也隨之而起。

「啟稟大王，大批漢軍出現在西門、北門方向，光火衝天，看不清到底來了多少人，只覺得到處都是。」一個烏桓兵從西門方向奔馳而來，報告道。

丘力居一拍大腿，叫道：「哎呀，不好，**中了漢軍的調虎離山之計了**，趕快將士兵調往西門、北門，千萬要守住城門。」

話音一落，他趕緊下了城樓，帶著木葉丸一起趕向北門。

剛到北門，便看見城外密密麻麻的站著一大批漢軍，他長出一口氣，道：

「總算趕上來了。」

城下的領軍將軍是華雄，他帶著兩千人殺了出來，朝城牆上簡單的放了一通箭矢，見丘力居帶著人回來，當即下令撤退。

漢軍再次偃旗息鼓，弄得丘力居丈二和尚摸不著頭腦，看向木葉丸，問：

「這到底是怎麼一回事？」

木葉丸道：「一定是漢軍聲東擊西，只要我軍堅守城池，平均將兵力分散在四個城門，並且留下一支五千人的隊伍，在城中隨時策應，漢軍攻擊哪個城門，就增援哪個城門，這樣一來，方是上上策。」

丘力居聽了道：「照你這樣說，我們是被漢軍包圍在城裡了？」

「大概是這個樣子，不然的話，漢軍也不會那麼快就從南門跑到北門。大王，現在天色已晚，等到明天白天了再看個究竟，請大王回府休息吧。」木葉丸道。

丘力居點點頭道：「那城門就交給你了，我們不擅長夜戰，外面敵情不明，千萬別出城迎敵。」

「諾，屬下記下了，請大王回府休息。」

丘力居回到太守府，剛準備脫下戰靴，卻聽到四面八方同時擂起了戰鼓，他急忙再次走上城樓，剛好看到漢軍撤退，當即吩咐四門守城的將士好好的防守。

當他再次回到太守府，好長一段時間沒有聽到漢軍進攻的聲音，於是倒頭就睡。也不知道睡到了什麼時候，又被噪雜的聲音給吵醒，睜開眼，卻是一片黑暗……

整個夜裡，丘力居及城中的烏桓兵都被華雄的騷擾搞得一夜未睡，每個人都哈欠連連。

到了第二天早上，丘力居登上城樓，環顧四周，但見城外的樹林裡到處都是旌旗，樹林後面塵土飛揚，樹林中漢軍的身影也隱約可見，真可謂草木皆兵，他看了以後，心中十分的膽寒，沒想到一夜之間漢軍會有那麼多的兵馬，居然真個將陽樂城給包圍了起來。

白天的時候，龐德總是帶著少許兵力不停地在陽樂城四個城門間轉悠。給丘力居和木葉丸的印象是，漢軍似乎在試圖找尋薄弱的地帶進行攻擊，於是，丘力居下令加強防守力量。

華雄、龐德日夜不停地採用騷擾戰術，第一天是三實七虛，到了第二天是五實五虛，到了第三天索性是七實三虛，加上烏力吉從昌黎派來剛剛徵召完畢的五千騎兵，荀攸則命令三個部隊輪番上陣，佯攻陽樂城，雖然中間有些許士兵陣亡了，但是卻達到了騷擾丘力居的目的。

如此反覆三天下來，城中的人都保持著高度警戒的狀態，絲毫不敢鬆懈，因為他們搞不清楚漢軍什麼時候會真的攻來。而且，每個人都睏得要命，成了熊貓眼，那種身心的煎熬，比受了傷還難受。

第四天夜晚，丘力居實在受不了啦，睏意十足的他將木葉丸給叫了過來，問道：「漢軍一連四天日夜不間斷的佯攻，弄得我頭都大了，前兩天，我說出城和漢軍決戰，你非說這是漢軍的誘敵之計，現在倒好，每個人都又累又睏，這還怎麼打仗？你是我帳下的第一勇士，也是第一謀士，你倒是給我出個好主意啊！想不出退敵之策，本王就拿你的人頭告慰全軍！」

木葉丸也是啞巴吃黃連，有苦說不出，一臉窘迫的他，支支吾吾地道：「屬下……屬下以為，這是漢軍故意擾亂我軍的戰術，一連四天漢軍都是佯攻，相信今夜也會如此，不如大王下令讓全城士兵好好的休息，不必理會漢軍士兵，只要休息夠了，明天一早，大王就可以帶領大軍殺出城去，和漢軍決一死戰，讓漢軍嘗嘗我們烏桓人的厲害。」

丘力居想了想，覺得這個辦法可以行得通，就對木葉丸道：「你去傳令吧，每個城門留守一千人，其餘的人全部回兵營休息，明天一早和漢軍決一死戰！」

「屬下這就去傳達命令！」

木葉丸也是一雙熊貓眼，而且他比誰都睏，丘力居還能稍微休息一陣子，可是他卻日夜操勞，三天下來，加起來他才睡了六個小時，那種疲憊的程度不言而喻。

木葉丸去城門傳達完命令後，便急忙回府休息去了，一躺在床上，便立馬呼呼睡著了。

陽樂城裡，三萬六千烏桓人在兵營裡呼呼大睡，他們再也不理會什麼鼓聲、喊聲，連續幾天折騰，每個人都已經麻痺了，反正漢軍只會搖旗吶喊，不會真正的進攻，便什麼都不想了，美美的睡起覺來。

守城的四千士兵心裡極度的不平衡，但這是大王的命令，誰都不敢違抗。他們打起精神，從大約晚上九點開始，一直站到夜晚十一點左右，卻沒有發現有任何漢軍來進攻，也沒有聽見鼓聲和吶喊聲，這些士兵索性就趴在城牆上睡著了。

說也奇怪，大半夜都過去了，漢軍一點動靜都沒有，這讓還有幾分疑慮的人也放下了戒備，紛紛開始睡了。

到凌晨三點的時候，整個陽樂城死氣沉沉的，所有的人都第一次睡得那麼香，整個城裡只有一種聲音，那就是呼嚕聲。

清冷的月光灑在大地上，銀灰色的月光下，陽樂城南門、東門、北門有不少黑影從樹林裡悄悄地溜了出來。每個城門大約有五百名黑影，每個黑影的手裡都握著一個飛鉤，飛鉤上繫著一條長長的繩子，腰中別著一把彎刀。

黑影十分小心地溜到了陽樂城下，陸續到來的黑影全部聚集在城牆下面，他們可以聽到城牆上面士兵睡著而發出的呼嚕聲。

每個黑影都訓練有素，將手中的飛鉤扔上城牆，飛鉤掛住城垛，黑影們確定萬無一失之後，便拉著繩索向上攀爬。

城外的樹林裡，荀攸帶著大批士兵默默注視著攀爬城牆的黑影。

黑影們一爬上城牆，便取出腰中的彎刀，用手捂住那些士兵的嘴巴和鼻子，同時用刀在那些士兵的脖子上輕輕一抹，五百個守城的烏桓人便一命嗚呼了。接著，他們又用同樣的方法解決掉剩下的五百個守城的烏桓人，然後小心翼翼的下了城樓，將城門打開。

幾乎是在同一時間，南門、北門、東門的城門全部被打開了。城門被打開的一瞬間，荀攸、華雄、龐德便各自指揮著士兵朝城中湧去……

丘力居還在太守府裡呼呼大睡著，突然聽到有人踹門而入，揉了揉眼睛，定睛看到木葉丸提著一把鮮血淋淋的刀，當即一怔，問道：「你在幹什麼？」

木葉丸急道：「大王，快跟屬下走，漢軍已經攻進了城裡，兵營著起大火，現在城中一片混亂。」

「怎麼回事？你不是說漢軍不會進攻嗎？怎麼突然攻進城裡了？」丘力居驚道。

木葉丸也來不及解釋，上前一把拉住丘力居，拽著丘力居便朝外面走。

「大王，現在說什麼都晚了，南門、北門、東門三座兵營都被大火焚燒，士兵慌亂中都逃走了，現在只有西門沒有漢軍，我們只能向西逃，先撤回平岡，再做其他打算。」

木葉丸帶著五百突騎護送著丘力居向西門跑去，其他三門都是火光衝天，烏桓人驚慌逃遁。大火燒起的時候，有的烏桓人還在睡夢中，直接便被大火吞噬。

漢軍在三個城門附近進行掩殺，卻並不相逼，原因很簡單，**當一個人被困入絕境的時候，強烈的求生欲望會讓人發揮出比平時要多出好幾倍的力量，這叫置之死地而後生。**

荀攸很清楚烏桓人的戰鬥力，所以下令全軍不必緊逼，只要將他們趕出陽樂城即可。

陽樂城的大火點亮了夜空，烏桓人在混亂中不斷向西門逃走，大約半個時辰後，陽樂城裡的烏桓人基本上全部退走了，漢軍不費吹灰之力便占領了陽樂城。

但是事情並未就此結束，占領陽樂城的漢軍，開始投入到滅火的行動中，用了整整一個時辰，才將三座兵營以及大火所蔓延的地方將火勢撲滅。

大火熄滅時，已經是平明時分了，荀攸將華雄、龐德叫了過來，對兩人道：「你們挑選五千精兵，現在到東門附近的兵營休息，正午用過飯後，帶上乾糧和水，沿途追擊烏桓人。」

華雄、龐德立刻答道：「諾！」

荀攸吩咐完，指揮剩下的一萬人清掃戰場，將在這場毫無激情的攻城戰中死去的烏桓人的屍體抬出城外焚毀。

時間一點一點的流逝，很快便到了正午，荀攸讓人統計了一下雙方的傷亡情況，烏桓人被殺五千人，被大火燒死三千人，漢軍零傷亡，這場攻城戰確實是一個很有代表性的戰例。

另一方面，荀攸著手清點戰利物資，在陽樂城中得到戰馬兩萬匹，金兩千

斤，錢五百萬，布兩百匹，糧五萬石，箭矢十五萬支，確實是個不小的收穫。

廣袤的原野上，丘力居在木葉丸的護衛下，帶著騎兵奔馳在最前面，後面跟著散亂的烏桓人，騎兵、步兵都混在一起。

越走越熱，太陽像火一樣掛在天空，熊熊地燒著大地。汗從每一個烏桓人的頭上流下來。

丘力居騎在馬背上，有氣無力地問道：「後面有追兵沒有？」

木葉丸答道：「漢軍似乎沒有展開追擊，大王，我們還是快走吧。」

丘力居舔了一下乾裂的嘴唇，搖搖頭道：「休息……一下，讓人拿水來，本王要喝水！」

木葉丸為難地說：「啟稟大王，大家走得很匆忙，根本沒有來得及去準備乾糧和水，現在……也只能喝馬血了。」

「馬血太燥，本王本來就渴，你還讓本王喝馬血，是想渴死本王嗎？你傳令全軍問問，看看有誰帶了水囊，讓他獻上來，本王回到平岡之後，重重有賞。」丘力居怒道。

木葉丸建言道：「大王，屬下以為，可派遣一部分騎兵去襲擊附近漢人的村莊，搶奪糧食，並補充水源，柳城還有我軍兩萬騎兵，等到了柳城之後，大王便可以休息一下，再經白狼山回平岡。」

丘力居道：「嗯，就照你的意思辦吧，現在也顧不上那麼多了，只要能回到平岡就行。」

「諾！」

第三章

物極必反

高飛朝公孫瓚拱手道：「公孫將軍，我在此等候多時了，所謂物極必反，剛剛過去的兩萬多烏桓人，已經領教了白馬將軍的厲害了，還請公孫將軍高抬貴手，放那些人一條生路，我會將他們帶到遼東，不會讓他們再禍亂幽州。」

經過詢問，親隨從士兵身上收羅來十幾個水囊，獻給丘力居。

丘力居一番痛飲，總算是解了渴，他將其中一個水囊遞給木葉丸，其餘的分給親隨喝。喝完，對木葉丸道：「去點算一下，看看我們在陽樂城損失了多少兵馬。」

木葉丸當即帶著人馬馳去。

丘力居抬頭看著天空，心中百般不是滋味，自語道：「蒼天啊，為什麼我丘力居會落到今天這個田地？難道我復興烏桓的計畫就這樣付諸東流了嗎？」

過了一會兒，木葉丸策馬來到丘力居面前，稟報道：「啟稟大王，屬下粗略點算了一下，陽樂城損失八千人，戰馬兩萬匹。」

丘力居嘆了口氣：「這麼說來，我們只剩下兩萬騎兵和一萬兩千步兵了？」

「是的大王！」

丘力居下令道：「派四千騎兵去周圍漢人的村莊搶掠食物，補充水源，其他的跟我們一起回柳城，一萬兩千步兵讓他們順著路跟在後面，反正後面也沒有追兵，讓他們慢慢走，本王會在柳城等他們的，再派人到柳城去，讓柳城的小帥派人送食物和水過來。」

就在這時，後面突然傳來滾雷般的馬蹄聲，道路上掀起了一陣飛揚的塵土，穿著漢軍軍裝的騎兵從塵土中飛馳了過來。

最後面的烏桓人頓時驚慌失措，都大聲喊著「漢軍來了」，步兵急速向前湧動，企圖各自逃命。

聲音很快便傳到了前軍，丘力居一聽漢軍來了，立刻下令前進，帶著木葉丸和所有的騎兵開始向前奔馳。

華雄、龐德帶著五千騎兵很快便追了過來，看到差不多有一萬兩千人的步兵倉皇逃竄，龐德便道：「左右包抄，騎兵暫且不管。軍師吩咐，這些步兵一定要全部攔截下來，還是老樣子，只要投降的就不殺。」

華雄嘿嘿笑道：「知道了，這次可以大幹一場了！」

話音一落，兩人便各自率領兩千五百騎兵分成兩列向前奔馳，很快便擋住了準備逃跑的烏桓兵，同時喊著「投降不死」的口號。

這些烏桓兵此時是又累、又睏、又餓、又渴，在這種條件下，有幾百人試圖想衝殺過來，可惜還沒有碰到漢軍的身體，便被漢軍騎兵用長槍刺死。

其餘的烏桓兵心中膽寒不已，拖著疲憊的身體，每個人的眼裡都露出了求生的渴望。於是，在僵持了一段時間之後，餘下的一萬一千多烏桓兵紛紛放下手中的武器，向漢軍投降。

華雄、龐德驅趕著這些降兵，收繳了他們的武器，也不再追趕逃跑的騎兵，帶著這些降兵趕回陽樂城。

丘力居帶著殘餘的騎兵奔跑了好長一段距離，見後面沒有追兵追來，這才再一次停下來休息。

他們的戰馬早上沒有餵過草料，現在又馱著人跑了差不多七八十里地，有一些馬匹都累得起不來啦。

丘力居分派騎兵去四周搶掠漢人的民居，可是一等便是兩個小時，又累又餓的他，再也等不下去了，索性殺馬充饑，又給座下的戰馬胡亂餵了些荒草，這才繼續趕路。那些失去馬匹的烏桓人，則被丘力居遠遠地丟在後面。

入夜後，丘力居在荒山野嶺上度過了一個夜晚。

當第二天醒來後，發現木葉丸表情凝重的站在他的面前，便問道：「有什麼事嗎？」

木葉丸道：「大王，昨夜有差不多一千多人逃走……」

「混蛋！這些該死的廢物！本王對他們向來不薄，他們居然在這個時候敢逃走！」丘力居怒道。

木葉丸道：「大王殺馬充饑，可是殺完馬後，卻將沒有戰馬的人遠遠的丟下不管，有些人害怕這樣的事情再度上演，便逃跑了。」

丘力居無奈地道：「本王這也是沒有辦法的事，如果有糧食和水，本王會這樣做嗎？派出去找尋食物的人還沒有回來嗎？」

木葉丸道：「回來了，可是搶掠來的食物少之又少，就算加上那些沒有吃完的馬肉，估計只能夠兩頓飯。」

「派去柳城的人呢，怎麼還沒有帶糧食和水過來？」丘力居問。

「派去柳城的人至今未歸，雖然現在漢軍並未追趕，但是為了以防萬一，我們還是應該儘快離開此地，到了柳城，便可以重整兵馬，進可攻，退可守，到時候一切全憑大王做主。」木葉丸道。

丘力居想了想，覺得也不應該待在這荒山野嶺裡，當即對木葉丸道：「那下令吧，全軍回柳城，讓那些沒有馬匹的兩個人騎一匹，誰要是敢再逃跑，就地斬殺。」

「諾！」

全軍集合完畢之後，丘力居帶著剩下的一萬八千多突騎兵，緩慢地向柳城方向而去，他們走走停停，沿途到附近的森林裡去打獵，經過兩天一夜，總算快要

抵達柳城了。

「大王，越過這道丘陵，柳城就到了。」木葉丸指著前方山丘，興奮地說道。

丘力居此時恨得齜牙咧嘴，沿途他不斷派人到柳城，結果被派出去的人都是有去無回，此時柳城就快要到了，他抑制不住心中的怒火，大罵道：「那些該死的人，一回到柳城，便把我這個大王給忘了，等我回到柳城，看我怎麼收拾他們，守衛柳城的小帥也要一併殺掉！」

大軍繼續前行，翻越過那道丘陵後，便看見了柳城。

柳城的城牆上還插著狼頭大旗，狼頭的邊上繡著一個大大的「遼」字，大旗隨風擺動，發出呼呼的聲音，可是城牆上卻空無一人。

「這是怎麼回事？人都死哪裡去了？」丘力居怒火中燒，見柳城沒有一個人，大聲叫嚷道。

木葉丸觀察了一下周圍的地形，見丘陵起伏，密林相間，他回想起一路上的情形，策馬來到丘力居旁邊，低聲道：「大王，柳城內本來有我們兩萬騎兵，可如今卻看不見一個人影，就連先派來的人也沒有音訊，此時如此安靜，看來其中必定有詐！」

話音剛剛落下，餘音還在空氣中迴盪，便聽到一聲號炮響起，從四面八方殺出許多漢軍。

當先一人騎著白馬，手持精鋼雙刃長矛，身披連環鎧甲，長相俊朗，身材魁梧，正是公孫瓚。

公孫瓚一出來，身後立刻湧現出許多白馬騎兵，擋住了丘力居要去的道路。他策馬向前兩步，將長矛指著丘力居，大聲喝道：「丘力居！我等候你多時了，明年的今天，就是你的忌日！放箭！」

一聲令下，兩旁的高地上一字排開的弓箭手在王門、鄒丹等人的指揮下，開始朝道路中間的騎兵射出了箭矢。

烏桓人個個大吃一驚，被漢軍的弓箭手射死一撥之後，其餘的人開始反抗，紛紛取出弓箭和漢軍對射。

與此同時，丘力居抽出彎刀，他也不去追究柳城到底為何失守了，只一心想趕快衝出這裡，逃回平岡了事。於是，他將彎刀向前一揮，衝後面喊道：「漢軍已經將我們包圍了，不想死的，都跟我一起殺過去！」

一聲令下，木葉丸當即率領著身後的突騎兵向前衝了過去。

此時烏桓人猶如困獸之鬥，衝出去的那些騎兵都不想死，猶如一把利刃直接插向前面擋道的公孫瓚和他的白馬義從。

兩軍迅速交戰在一起，雖然烏桓人在體力上有所不濟，但是為了活命，都拼死殺敵，後面和中間的突騎兵一邊和兩邊高地上的漢軍對射，一邊向前快速移動，將丘力居牢牢地護衛在中心。

公孫瓚率領白馬義從迎擊烏桓突騎兵，身後的劉備、關羽、張飛、田楷、公孫範、公孫續等人也都奮力迎戰，和烏桓人在一塊巴掌大的地方上你來我往，一時間將整個道路給堵得死死的。

木葉丸率領部下連續衝了三次都沒有衝過去，索性集結所有的兵力猛衝一處，經過一番浴血奮戰，終於將白馬義從撕開了一個口子，帶著烏桓人從那條血路中殺了出去。

丘力居在眾人的護衛下衝出包圍，白馬義從只有兩千人，一被烏桓人衝開，便無法再次聚攏，只能眼睜睜的看著大批烏桓騎兵從血路中衝出去。

公孫瓚見勢不妙，當即下令道：「關羽、張飛，各帶二百騎在道路兩邊向前追擊掩殺，莫要跑了丘力居！」

漢軍嚴陣以待，養精蓄銳，座下的戰馬也用草料餵得飽飽的，奔跑起來的速度要比烏桓人這些吃不飽的戰馬快了許多。只用了不一會兒工夫，關羽、張飛便追上了丘力居。

「丘力居，哪裡跑！」

張飛暴喝一聲，手持丈八蛇矛當先衝進了烏桓人的戰陣裡，一番左衝右突，所過之處任誰也攔擋不住。

關羽借機帶兵越過烏桓人，擋在了道路的最前面，將手中的青龍偃月刀向前一揮，正面殺向了丘力居。

丘力居一怔，見前去阻擋的人都無法抵擋關羽、張飛，正躊躇間，只聽木葉丸叫道：「大王快走，追兵我來擋住！」

「你要多加小心，我會在平岡等你歸來！」丘力居一拽馬韁，帶著親隨五百騎兵，便朝道路的一旁馳了過去，向西北方向逃去。

衝出來的烏桓人立刻分成兩撥，一撥跟隨丘力居跑了，一撥主動留下來與木葉丸迎戰關羽、張飛。

「二哥，丘力居跑了，你在這裡擋住這個傢伙，俺去追丘力居！」張飛正殺得痛快，一扭臉見丘力居帶人跑了，急忙對關羽大聲喊道。

關羽還來不及回答，便見木葉丸策馬朝張飛跑了過去，舉著手中的彎刀欲朝張飛砍去，趕忙喊道：「有我在這裡，你休得猖狂。」

張飛用蛇矛擋住木葉丸的攻擊，只覺得手上微微發麻，不禁對木葉丸的臂力

十分佩服，他冷笑一聲，道：「好！先解決了你，俺再追丘力居不遲！」

木葉丸衝身後的親隨喊道：「圍住那個紅臉的漢子，絕對不能讓他去追擊大王！」

一聲令下，木葉丸的親隨數百騎兵便將關羽連同手下的白馬義從給團團包圍起來，木葉丸則親自帶兵迎戰張飛。

兩馬相交，木葉丸和張飛騎在馬背上，轉著圈的廝打。

張飛的蛇矛因為木葉丸的近身而略顯得吃力，加上木葉丸刀法精湛，著實讓他費了好大一番功夫。兩人在馬上對戰二三十招，居然勝負未分。

木葉丸看著面前這個黑臉漢子，不禁佩服對方的武藝來，在他遇到的對手裡，除了遼東屬國的烏力登之外，沒人能夠和他打這麼長的時間。

張飛本以為木葉丸是個小角色，可一經對戰，馬上便來了精神，嘿嘿一笑，衝木葉丸大喊道：「好樣的，不過今天你遇到了俺，算你倒楣，能死在俺的矛下，你也不枉此生了！」

話音一落，張飛越戰越勇，蛇矛舞動起來也越發嫻熟，又連續鬥了十招，只聽張飛一聲「殺」，木葉丸便被張飛一矛刺中了心窩，從前胸捅出一個大窟窿。

木葉丸根本沒有看清張飛是如何刺出這一矛的，只覺得心窩一陣涼意，劇烈的疼痛傳遍全身，連喊都沒有喊一聲，便被張飛一矛給挑了起來，重重地摔在地上，被雜亂無章的馬蹄給踩得血肉模糊。

此時關羽手起刀落間，一顆顆人頭落地，正殺得興起時，看見烏桓人因為木葉丸的死而一哄而散，只有一個大漢衝張飛跑了過去，大叫道：「還我哥哥的性命來！」

關羽嘴角揚起笑容，將手中的青龍偃月刀擲了出去，刀頭直接貫穿那個大漢的身體，便一命嗚呼，從馬上倒了下來。

他策馬來到那大漢身邊，伸手拔出青龍偃月刀，對不遠處的張飛喊道：「三弟，丘力居跑遠了，大哥那邊還在苦戰，我看不追也罷！」

張飛粗聲粗氣地道：「啐！狗日的丘力居，跑得倒挺快！」

公孫瓚、劉備等人還在戰鬥，他們已經牢牢地將五六千烏桓人包圍起來，那些烏桓人越打越沒有信心，紛紛丟下手中的兵器，高呼投降。

「將軍，太好了，這五千多人終於要投降了！」劉備看到那些投降的烏桓人，一臉喜悅地道。

公孫瓚恨恨說道：「烏桓人叛漢作亂，殺死不少漢人，如果他們不死，就無法向那些死去的漢人交代了，我不許他們投降，全部將其射殺！」

隨著公孫瓚一聲令下，他手下的兵將開始大肆屠殺那些手無寸鐵的烏桓人，不一會兒，數千聲慘叫後，烏桓人便全部被屠殺了，只留下一地的屍體。

劉備看到這一幕，重重地嘆了口氣，心道：「**公孫瓚只崇尚武力，卻不懂得利用烏桓人，這一點和高飛比起來要差得遠了。**如今大漢江山風雨飄搖，各地太守大肆招兵買馬，**天下即將大亂，我也該去博一番功業。公孫瓚雖然對我不薄，可是他這種性格早晚有一天會害了他，我想是時候離開公孫瓚了。**」

此時，關羽、張飛帶著殘餘的兩百騎兵，來到公孫瓚的身邊，拱手道：「啟稟將軍，丘力居在萬餘烏桓突騎兵的護衛下，向西北方向逃去。」

公孫瓚冷冷地道：「可惡！讓丘力居給跑了，這樣一來，丘力居勢必會被埋伏在白狼山的高飛所吞沒，真是便宜了高飛了。」

劉備道：「將軍，如今丘力居一部已經不足為慮，將軍在遼西苦戰這些天，也是時候帶著兵馬回右北平了，難樓、烏延尚在廣陽、漁陽、右北平一帶為亂，將軍若是率部返回右北平，憑將軍的名聲，定然能夠對難樓和烏延起到威懾作用。到時候將軍再招誘烏桓人為己用，大亂便可就此平定，朝廷方面也必定會給將軍極大的封賞。」

公孫瓚道：「招誘？那些烏桓人禍害漢人還不夠嗎？應該統統殺光，省得以後再犯上作亂。不過，你說得沒錯，丘力居確實已經是窮途末路了，我應該速速回右北平才是。玄德，你給高飛寫一封信，以我的名義向其告別，咱們不再這裡逗留了，我要儘快趕回右北平。」

劉備雖然不認同公孫瓚的做法，卻也無可奈何，輕輕地道：「諾！」

於是，公孫瓚的兵馬在這一帶打掃了一下戰場，焚燒了烏桓人的屍體，便帶著大軍返回右北平。

與此同時，丘力居正在沒命似的向前跑，一口氣奔跑了五六十里，在確定後面沒有追兵的情況下，才停了下來，稍作休息。

丘力居坐在路邊，拿過水囊大口大口的喝著水，抬頭看見夕陽西下，從不服輸的他，竟然落下了兩行淚水。

「真沒想到我會落到這步田地！」丘力居帶著一份憂傷，對身邊的士兵朗聲道：「木葉丸可趕上來了嗎？」

士兵答道：「啟稟大王，大帥他……已經陣亡了。」

就在這時，一個虯髯大漢衝著丘力居跑了過來，撲通一聲跪在了地上，大聲喊道：「大王，我大哥、二哥都被公孫瓚的白馬義從殺死了，念在我們一族對大

王一直忠心耿耿的份上，請大王一定要為我報仇啊！」

丘力居嘆了口氣，將那個大漢扶了起來，道：「木易丸，你放心，回到平岡之後，本王會再次糾集所有的兵馬，一定要踏平公孫瓚，將他全部屠戮。現在不是哭泣的時候，本王現在就任命你為大帥，統領所有兵馬。」

木易丸是木葉丸的弟弟，當即拜謝道：「多謝大王厚愛。」

高飛站在一處山梁上舉目四望，視線所及之處，是高高低低錯落的山巒。四周除了風聲和少許樹林的搖曳聲，就只有鳥鳴蟲叫還有野獸的嘶吼，除此之外，什麼聲音都沒有。

「主公，你該換藥了！」趙雲就站在高飛的身後，拱手道。

高飛的右臂傷勢還沒有好，由於箭傷比較深，所以癒合的很慢。他扭頭對趙雲道：「斥候都派出去了嗎？」

趙雲點點頭道：「都派出去了，士兵也在昨天埋伏好了，都在一線天附近，只要丘力居從這裡經過，一線天便是他的葬身之地。」

高飛笑道：「子龍，如果丘力居死了，你猜他那個部族會怎麼樣？」

趙雲想了想，道：「會報仇？」

「不對，烏桓人對於父兄之仇不會去報，但是如果丘力居真的死了，那他的那個部族會有人繼任首領，新的首領為了建立威信，就會發動征伐，這樣一來，丘力居的部族就會再次對大漢造成禍害。」高飛分析道。

趙雲豪氣地道：「那主公就帶領我們直逼丘力居的老巢，一舉將丘力居的這個部族全部消滅掉。」

「呵呵，你說的倒輕鬆，我從烏力登那裡瞭解到，丘力居的部族除去已經徵調的六萬烏桓突騎外，大約還有十萬人在平岡聚居。你別忘了，烏桓人無論男女老幼，皆可開弓射箭，也就是說，烏桓人尚有十萬控弦之士。單單憑我們兩萬人去攻打，只怕會全軍覆沒。」

「那……那怎麼辦？難道要放了丘力居不成？」

「唯一的辦法就是讓丘力居投降，只要他肯投降，他就依然是首領，如今遼西已經被丘力居的兵馬禍害得不成樣子了，大批的漢人百姓或者逃入遼東，或者逃到冀州，遼西廣袤數百里，又是塞外連接草原的地方，對烏桓人來說，是絕佳的居住地點。所以，只要他肯投降，我就讓他遷居遼西，在柳城一帶駐紮，利用這一部族為我所用，既可以防禦鮮卑人，也可以作為徵兵的一個良好的地點。」

趙雲笑道：「主公想的真深遠，就不知道丘力居肯不肯投降了。」

高飛道：「事在人為，你一會兒去傳令各部，一旦丘力居進入包圍圈中，先不要予以攻擊，而是將他們包圍起來，據我推算，丘力居能帶來的兵馬，最多不超過一萬，我們以兩萬精銳包圍他的一萬敗兵，無論是戰鬥力還是地勢，我們都占優勢，如果他不肯降，那只能另做打算了。」

「諾，屬下記下了，現在請主公先換藥吧。」

高飛和眾人在此地又等了兩天，到了第三天的中午，埋伏在隱蔽處的士兵才看見一大隊騎兵垂頭喪氣的朝白狼山駛了過來。

丘力居、木易丸帶著一萬多騎兵緩慢地走進白狼山，每個人的臉上都帶著疲憊，這兩天，從柳城逃出來後，只能以狩獵充饑，可是獵物少，人很多，最後又不得不殺馬充饑。到最後人和馬都瘦了一圈。

木易丸指著前方一個相對狹窄的路口，對丘力居道：「大王，前面就是一線天了，過了一線天，再一百多里就到平岡了。」

丘力居有氣無力地道：「嗯，知道了，繼續前進吧，趕緊走過這段險路，出了白狼山，便有很多獵物可以獵殺了。」

木易丸點點頭，衝後面的士兵喊道：「大家加把勁，走過一線天就離草原不做，才是將烏桓人陷入萬劫不復之地。我烏力登沒有遼王殿下那麼偉大，我只有保全我這一族的念頭而已。天將軍是紫微帝星轉世，對我們烏桓人也一視同仁，他是我見過最好的漢人，所以我願意跟著天將軍，放心將所有的族人託付給天將軍。」

高飛將頭盔給取了下來，露出和烏桓人一樣的髮型，對丘力居道：「丘力居，你已經走投無路了，我高飛雖然說不上是什麼聖人，但我可以保證，如果你投降的話，願意歸附於我的管轄，從今以後，漢人有的東西，你們烏桓人也一樣有，我的頭髮便是對你們烏桓人一視同仁的見證。」

丘力居看到高飛的頭髮，確實感到一絲吃驚，他再一次環視四周，看到背後的騎兵，每個人都疲憊不堪，而且眼神空洞，猶豫地道：「你說的都是真的嗎？」

高飛見丘力居動心了，繼續勸降道：「君子一言，駟馬難追，我高飛說一不二。你不是要振興烏桓人嗎？如今漢室將傾，天下即將大亂，正是群雄並起之時，如果你肯歸附我，我就和你結為異姓兄弟，永世盟好，以後我稱霸天下之時，也是你們烏桓人再次崛起的時候，你們和鮮卑人之間的仇恨，我也會幫你們報，答應還是不答應，你好好考慮一下！」

丘力居閉上眼睛，眉頭緊皺，沉思了好一會兒，再次睜開眼睛，朗聲道：

「好，我投降！」

高飛在白狼山成功的勸降了丘力居。

丘力居將部下交給木易丸，讓木易丸負責統領那些士兵。他則被烏力登帶到高飛的身邊，向高飛拜道：

「天將軍，我丘力居活了大半輩子，還是頭一次遇到像你這樣的人物，就算是盛名已久的白馬將軍公孫瓚也不及你的十分之一，要是當初我早知道天將軍是如此厲害的話，我就不應該和天將軍為敵了，也不會落得今天這個田地。」

高飛笑道：「現在歸附我也不遲，張郃，你去弄些食物和水來，讓遼王殿下好好飽餐一頓。」

張郃隨即命人帶上來食物和水，親手交給丘力居。

丘力居著實是餓壞了，一接到張郃送上的食物和水，便是狼吞虎嚥，什麼王不王的，他早已經不在乎了。

吃飽喝足之後，丘力居還打了個飽嗝，拱手道：「多謝天將軍！」

高飛擺手道：「以後咱們就是一家人了，我剛才說過，為了表示我對烏桓人的誠意，我們就在此地結為異姓兄弟，以後同甘共苦，同享富貴，不知道遼王殿平岡就此成了烏桓人的活動區。

平岡一帶是烏候秦水（老哈河）的發源地，又稱遼河源頭，卓越的地理環境養育了祖祖輩輩的烏桓人。饒是如此，烏桓人還必須面對來自北方草原的一個極大的威脅，那就是鮮卑人，所以，丘力居才會想法設法的將部族內遷至遼西，遼西廣袤的土地對以農耕為生的漢人來說非常艱苦，但是對半耕半牧的烏桓人來說，是最合適的地方。

到了平岡之後，丘力居便擺下酒宴，同時請來所有的邑落首領，一同拜見高飛，以彰顯高飛的尊貴。

高飛和丘力居一路走來，沿途不斷地試探丘力居，得到的結果令他很滿意，丘力居的爽朗性格也讓他很欣賞，看來丘力居是真心歸附，這讓高飛徹底放下了戒心。

當天夜裡，平岡舉行了一次盛大的聯歡，來歡迎高飛的到來，烏桓人載歌載舞的進行慶祝。

那些在戰爭中死去的勇士們，烏桓人也另外舉行了祭拜儀式，罹難家屬的臉上不僅沒有傷感，反而感到十分的欣慰。烏桓民風如此，讓人看了真的覺得有點另類。

第二天早上，高飛早早的就起來了，走出平岡小城之後，放眼望去，城外原有的穹廬都開始進行了拆卸，烏桓人臉上帶著喜悅，似乎對舉家遷徙很開心。

高飛十分費解，對身邊的烏力登道：「為什麼他們一聽到搬家，會如此的興奮？」

烏力登解釋道：「天將軍，你有所不知。對於漢人來說，世代居住的地方若要突然遷徙的話，可能會有諸多不捨。可是對我們烏桓人來說，本來是在塞外草原過著逐水草而居的生活，自從內附大漢之後，便實行定居制，祖輩都住在一個地方，開闊不了視野，所以，遷徙對我們來說，意味著可以去見識更多的地方，是快樂的事。」

高飛聽了，不禁道：「看來我對你們烏桓人瞭解的還不夠透澈，以後要多認識一些烏桓人的風俗習慣才行。」

烏力登笑道：「以天將軍的智慧，肯定能夠瞭解得非常透澈的。不過，這些人歡天喜地的遷徙，還有另外一層意思。」

「是不是覺得遠離了鮮卑人的騷擾，會比較安全一些？」

「天將軍只說對了一半。」烏力登繼續解釋道：「我們烏桓人自從內遷歸附大漢之後，便分布在周邊的幾個郡縣裡，往來也變得十分生疏了，上谷的難樓部烏力登明白高飛的意思，答道：「天將軍，我一定不會辜負天將軍的厚望。」

高飛道：「很好，那就這樣決定了，由你率領丘力居的部族去柳城，丘力居帶領一萬突騎兵跟我一起去勸降烏延和難樓。丘力居，我現在正式任命你為游擊將軍，跟我一起去平定幽州的叛亂，算是將功折罪吧，因為這場動亂是你挑起來的，**成也蕭何，敗也蕭何，我看這場叛亂應該由你去結束。**」

丘力居心裡很高興，雖然他自稱遼王，可是烏桓人的王、侯一到了漢人的眼裡就一文不值，所以，能夠得到一個漢人將軍的稱號，對於丘力居來說，是十分欣喜的。

他學著漢人的模樣，朝高飛抱拳道：「主公放心，我丘力居一定會竭盡全力，平定這場叛亂，說服烏延和難樓投降主公。」

高飛笑道：「很好，那現在你們都去準備一下，我們下午就出發。」

「諾！」

平岡一帶大約有十五萬的烏桓人，除了丘力居帶走一萬突騎兵外，其餘的十四萬人全部跟隨烏力登一起回柳城，並且由丘力居所部的大帥木易丸擔任護衛工作。

高飛、趙雲、張郃、太史慈、丘力居則帶領著三萬漢人和烏桓人聯軍，一起去找烏延。

烏延的部族在整個烏桓人的勢力當中是最小的，只有三萬族人，突騎兵也不過五六千而已。所以，在丘力居命令他起兵反漢的時候，他不敢拒絕。

可是，他也不敢去攻打右北平，因為那裡有一個令人忌憚的白馬將軍在。於是，他將矛頭對準了漁陽郡，率領僅有的六千突騎兵對漁陽郡進行了一番橫掃，而白馬將軍則交給丘力居去對付。

占領漁陽郡之後，他便停住了前進的腳步，將所有的族人全部遷徙到了漁陽城。

從平岡到漁陽，要走好長一段路，於是高飛等人在丘力居這個嚮導的帶領下，決定先到白檀，再從白檀到漁陽。

兩天後，高飛等人到了白檀。他決定在白檀歇息一夜，等第二天再到漁陽。

第二天天亮之後，高飛等人集結了所有的兵馬，正準備出發的時候，卻見從南方奔馳來許多騎兵。

高飛站在白檀城下，看到南方的道路上塵土飛揚，許多人的臉上都十分的疲憊，像是經過了一夜的長途奔逃一樣，而且還有許多匹戰馬上馱著行李，像是舉

「主公，這公孫瓚也太惡毒了吧，居然連烏桓百姓也殺。」

這些日子以來，高飛部下的漢人和烏桓人朝夕相處，彼此十分的友好，而且烏桓人的一些習俗也特別引人注目，所以，就連太史慈這樣的大將，也逐漸接受了烏桓人。

高飛聽到太史慈這樣的話，便道：「公孫瓚這個人向來以驅逐胡虜為己任，對於番邦蠻夷從來不會手下留情，而且公孫瓚不恤百姓，記過忘善，打仗或許是一個堪用的將軍，但若要做為一方霸主而言，實在不足為慮。」

話音落下沒有多久，高飛等人便聽到滾雷般的馬蹄聲，前方的道路上揚起一陣塵土，公孫瓚騎著一匹白馬，帶著他的白馬義從從塵土飛揚的土霧中駛了出來。

公孫瓚一露出臉，定睛看見前面一彪軍擋住了去路，乍看之下，和烏桓大軍沒有什麼兩樣，他的心裡咯登了一下，萬萬沒想到烏桓人還有如此強大的軍隊在此等候。

可是再仔細一看，為首之人竟然是高飛，而且隊伍中旌旗飄揚，一面「安北將軍高」的旗幟隨風擺動，這才鬆了口氣。

「全軍停止前進！」公孫瓚見高飛擋住去路，當即對身後的兵馬喊道。

公孫瓚來到高飛的面前，拱手道：「原來是高將軍，不知道高將軍到此，伯珪真是有失遠迎，但是不知道高將軍擋住去路是何用意？」

高飛朝公孫瓚拱拱手道：「公孫將軍，我在此等候多時了。所謂物極必反，剛剛過去的兩萬多烏桓人，已經領教了白馬將軍的厲害了，還請公孫將軍高抬貴手，放那些人一條生路。我自然會將他們帶到遼東，妥善安置，不會讓他們再禍亂幽州。」

公孫瓚態度十分強硬，冷聲道：「不行！不殺光那些胡虜，他們早晚還會反叛的，只有斬草除根，才能使得幽州永享太平！高將軍，請你讓開一條道，不要為了那些烏桓人而傷了和氣。」

高飛態度堅決地道：「公孫將軍，這些烏桓人已經向我投降，該怎麼處理，我說了算。請公孫將軍回去吧，如果公孫將軍執意要殺那些烏桓人的話，就請從我的屍體上踏過去吧！」

聽完高飛的這一番話，他部下裡的烏桓籍騎兵都十分的欣慰，對於自己能夠有一個這樣的主公都感到無比的歡喜。

公孫瓚氣得不輕，指著高飛大叫道：

「你……」

「公孫將軍請回吧，我聽說難樓還在代郡、上谷、廣陽、涿郡四地為亂，如果公孫將軍真的想拯救幽州的話，就不應該為了這幾萬無辜的烏桓百姓而窮追不捨，應該去攻擊難樓的兵馬。」高飛打斷了公孫瓚的話。

公孫瓚冷哼一聲，轉身便走，冷聲道：「高將軍，我們後會有期！」

第四章
狠角色

高飛的目光一直注視著顏良身邊的那個大漢，那個大漢身上沒有披著沉重的鐵鎧，肌肉盤虬的手臂彷彿蘊涵著無窮的力量，臉上全是漆黑剛硬的短髭，露出一雙虎目，乍看就是個狠角色，他可以肯定這個漢子便是文醜無疑。

公孫瓚回到了本陣，朝自己的部下喊道：「後隊變前隊，回漁陽！」

公孫範聽到公孫瓚下達的命令，不解地問道：「兄長，我們辛辛苦苦的才追到這裡，就這樣放棄了不成？」

公孫瓚眼露凶光道：「你看清楚了，對方可是有兩萬精銳的騎兵在那裡等著，我們只有三千多騎兵而已，萬一真鬧僵了，我們絕對不是高飛的對手。暫且先回漁陽，和劉備會合之後去攻擊難樓。至於高飛嘛，這口惡氣我早晚會討回來。」

公孫範看了看遠處高飛的兵馬，其中有不少是烏桓人，當即靈機一動，對公孫瓚道：「兄長，既然高飛用烏桓人來打仗，為什麼我們就不行？與其這樣和烏桓人沒完沒了的廝殺下去，不如像高飛那樣，招誘烏桓人來投靠我們，再驅使烏桓人為兄長而戰，漢室的江山早就名存實亡了，各地的太守都相互攻伐，兄長也該趁這個時候利用自己的威望振臂高呼，大肆招兵買馬，先控制整個幽州再說。」

公孫瓚聽了，尋思了一番，點點頭道：「你說得沒錯，與其去殺烏桓人，不如反過來利用烏桓人，讓烏桓人去攻擊高飛，等他們兩敗俱傷的時候，我再坐收漁翁之利，將烏桓人和高飛一起殺光殺淨。哈哈哈……」

公孫範又道：「兄長，二哥和劉備還在漁陽等著呢，咱們快點回去吧，聽說朝廷派遣宗正劉虞為幽州牧，前來平定幽州的叛亂，我們必須在劉虞到來之前結束這場叛亂，到時候平叛的大功就落在兄長的身上了。就算劉虞來了，只要兄長控制著整個幽州的兵權，任由劉虞也無可奈何了，到時候幽州還不是兄長說了算嘛，也可以逼劉虞撤掉高飛的遼東太守職務。」

公孫瓚哈哈笑道：「好，你可比你二哥公孫越聰明多了，上次我派他去協助高飛攻打陽樂城，實際上是讓他暗中調查高飛的情況，哪知道他一根筋，真的帶兵幫助高飛作戰，弄得他和嚴剛都受了傷，還折損了我一千多白馬義從。這次回去之後，我準備讓你擔任騎都尉，全權負責指揮白馬義從。」

「多謝兄長，我一定會竭盡全力，不負兄長的厚望。」公孫範歡喜地道。

公孫瓚道：「讓續兒也跟在你的身邊吧，傳令下去，大軍全速前進，必須在天黑之前到達漁陽。」

「諾！」

看著公孫瓚軍隊遠去的背影，高飛調轉馬頭，對身後的太史慈道：「命令所有的士兵先回白檀待命，既然烏延已死，我們也沒有必要去漁陽了。」

太史慈「諾」了一聲，將命令傳達下去。

大軍再次回到白檀城，此時的白檀城顯得熱鬧非凡，剛剛脫險的那兩萬八千多烏延族人，在聽到丘力居也投降了高飛之後，便決定一起歸附高飛。

高飛讓人妥善安排這些人，並且叫來丘力居，道：「既然烏延已死，我們也沒有必要去漁陽了，直接去找難樓，將難樓勸降過來，這樣的話，分布在各郡的烏桓人就可以一起遷徙到遼西居住了。」

丘力居道：「屬下起兵之時，曾經和難樓和烏延約好了，我占遼西、遼東、玄菟、樂浪等地，烏延占右北平、漁陽，難樓則占代郡、上谷、廣陽、涿郡。幽州西部沒有多少兵馬，也沒有像白馬將軍那樣的人物，所以屬下可以推測出，此時四郡已經被難樓盡數占據了。按照我對難樓的熟悉，他一定會將大軍屯駐在州刺史的治所：廣陽郡的薊城，如果想勸降難樓，就一定要見到他本人。」

「你的意思是，我們必須去一趟薊城了？」高飛問。

丘力居點頭道：「對，非去不可。不過，現在公孫瓚占領了漁陽，要去薊城，必須經過漁陽，屬下只怕公孫瓚會先一步到達薊城，到時候難樓會因為畏懼公孫瓚的威名而撤退到上谷。所以，主公必須趕在公孫瓚前頭抵達薊城才行。」

高飛「嗯」了聲，道：「公孫瓚追擊了烏延部一夜，現在又要奔回漁陽，人困馬乏，走不了多遠，回到漁陽後，必定會先休整一番。就時間上而論，我們很充裕，但是為了以防萬一，我們現在就出發。那兩萬多烏延族人，你就派一個小帥帶他們到柳城吧，以後歸附到你的部族中。」

商議完，高飛便帶著趙雲、太史慈、張郃、丘力居以及三萬騎兵朝薊城而去。

從白檀到薊城，這段路要經過漁陽，為了不驚擾公孫瓚，高飛選了另外一條路，沿著古燕國的長城向南走，一路可抵達平谷，然後折道向西，經狐奴、安樂、昌平一線，最後南下抵達薊城。

為了能夠盡快抵達薊城，高飛基本上每日推進二百里，三天後終於抵達了薊城。

薊城是個古城，最早出現在東周的戰國時期，是戰國七雄之一的燕國國都，此後，薊城一直占著重要的戰略和地理位置，不僅擔當鎮守邊關的重任，更成為兵家必爭之地。

薊城並不怎麼大，在那個時代，最大的城市當屬東西二都，即洛陽和長安，除此之外，邊緣地帶的城池都不會有太大的規模。

因為薊城地處偏遠的北方，而歷朝的國都都在中原，所以薊城並沒有什麼發展。這種情況一直到五胡十六國時期，前燕慕容儁在薊城稱帝後，他發動民夫加

以擴建，並且與修宮殿，才有以後薊城的雛形。到明朝時，朱棣遷都北京，並加以擴建，才正式將天下的中心遷到了北方。

高飛帶著略顯疲憊的兵馬，老遠便看見一彪兵馬在攻城，漢軍士兵正在用各種攻城器械攻城，而薊城的城牆上，烏桓人則不停的放箭。

兩面大旗在空中飛揚，一面寫著「左將軍顏」，一面寫著「右將軍文」，從軍隊的裝備上來看，他可以確定這是朝廷的正規軍——北軍。

「這是怎麼回事？北軍的兵馬怎麼跑到這裡來了？」

還來不及反應，一個身穿鎧甲的將軍便帶兵奔馳過來，擋住了高飛等人要去的道路，看了眼高飛打著的大旗，喝問道：「你可是安北將軍？」

高飛打量了一下來人，見那人虎背熊腰，看上去十分威風，手中握著一柄大刀，冷峻的面容上射出了兩道咄咄逼人的目光，又見那人身後的旗手扛著「左將軍顏」的字樣，便拜道：「下官高飛，參見顏將軍！」

那姓顏的將軍「嗯」了聲，道：「果真是你，沒想到你居然會從遼東跑到這裡來，我是左將軍顏良，奉太尉之命，率領北軍將士前來幽州平叛，並且護送幽州牧劉虞上任。」

「顏……顏良？」高飛驚呼一聲，**沒想到顏良會成了左將軍，居然班位還在**

他的上面。

「大膽！本將的名諱也是你直呼的嗎？」顏良聽到高飛直呼他的名字，怒道。

高飛急忙道：「請將軍息怒，下官一時失語。」

顏良也不是小家子氣的人，當即擺擺手，看了眼高飛身後的騎兵，見其中有不少烏桓人和穿著漢軍衣服的人夾雜在一起，便指著那些騎兵道：「我問你，你身後的這些騎兵，可都是你的部下嗎？」

高飛回道：「啟稟將軍，是下官的部下，其中雖然有不少烏桓人，但是他們和那些反叛的烏桓人不同，都是對大漢忠心耿耿的人，也是下官這次平亂大軍的主體。」

顏良聽了道：「既然你來了，正好派上用場，上谷烏桓大人難樓占據了薊城，你帶領你的部下現在聽從我的號令，開始攻擊難樓。」

高飛急忙道：「顏將軍，下官正是為此事來的，下官以為，與其攻打難樓，不如勸降，使其重新歸附我大漢，這樣一來，也省去了許多麻煩。」

顏良冷聲道：「怎麼你和那劉虞的意見一樣？你跟我來，我帶你去見幽州牧劉虞。」

高飛諾了聲，當即帶著趙雲、太史慈跟著顏良身後而去，讓張郃、丘力居帶

領兵馬原地待命。

向前走了一段路，高飛便見到一座營寨，看到正在攻打城池的部隊，當中打著「右將軍文」的旗幟，心中暗道：「**看來右將軍應該是文醜了。**」

漢軍的營寨就在薊城南門外五里處的高崗上，站在寨門前，可以遙望薊城內的一切動向。營寨內旗幟鮮明，一面面各色的大旗迎風飄揚。

寨門前的望樓上，一個身穿墨色寬袍的中年漢子正在眺望著前方的戰場，看見顏良帶著三個人向營寨走了過來，仔細瞧了瞧跟在顏良身後的那個人，臉上浮現出久違的笑容。

他快步走下瞭望樓，來到寨門，正好迎上顏良幾個人，當即拱手道：「高將軍，一別一年多，你比以前看起來要成熟多了。」

「多謝州牧大人讚賞，沒想到我們會在這裡再次碰面。不知道州牧大人一切可曾安好？」高飛朝那穿著寬袍的漢子回話道。

顏良插話道：「高將軍，劉大人，你們慢慢聊，我顏某還有事情要做，就此告辭了！」話音一落，便調轉馬頭，帶著部下朝前方戰場趕了過去。

站在高飛對面的，便是新上任的幽州牧劉虞，當年在京師，和高飛雖然說不上有什麼交情，但是能夠再遇到故人，別有一番感受。

「高將軍，請進營說話吧。」劉虞客套地說。

高飛見劉虞一副不慌不慢的樣子，他此時可沒有劉虞這麼氣定神閒，便道：「大人，前方戰事吃緊，士兵正在拼命攻城，對方毫不示弱，這個節骨眼上，下官沒有什麼雅興和大人敘舊，下官此來，是為了平定烏桓人的叛亂，所以請大人見諒。」

劉虞倒也不惱火，道：「高將軍能以國家大義為先，老夫十分欽佩，只是現在左將軍顏良和右將軍文醜正在攻打城池，我與他們的意見相左，加上他們二人所帶領的兵馬都是北軍精銳，皆不聽我號令，老夫也插不上嘴，只能袖手旁觀了。」

高飛沒有猜錯，那個「右將軍文」確實是文醜。不用說，顏良、文醜是一心跟著袁紹跑的，如今袁紹成了太尉，大肆提拔心腹，顏良、文醜能夠當上左、右將軍也在情理之中。

他的耳邊還響著雙方士兵的嘶吼，以及兵器碰撞、戰鼓隆隆的聲音，激戰雙方不管是漢軍還是烏桓人，都受到了不同程度的損傷，不禁動容道：

「大人，薊城是州牧的治所，如果雙方這樣硬拼下去，這仗要打到何年何

月？與其這樣讓士兵白白的犧牲，倒不如暫且休兵，採取懷柔政策對烏桓人進行安撫。大人在烏桓人心中素有信義，恐怕這也是朝廷派遣大人擔任幽州牧的原因吧，既然如此，大人就應該起到幽州牧的作用，招撫烏桓人，以平定這次叛亂。實不相瞞，下官正是為了勸降難樓而來。」

劉虞聽高飛的想法和他一致，便道：「你說得不錯，這也是我一直想要做的。我主張招撫這些烏桓人，讓他們重新投漢，這樣一來，叛亂就可以不用流血而平定了，可是顏、文二位將軍不聽從我的號令，執意要攻城，我也沒辦法。」臉上盡是無奈之色。

高飛聞言道：「大人是幽州牧，既然顏良、文醜已經成功護送大人抵達幽州，就算是完成任務了，下官建議，大人立刻以幽州牧的名義敕令顏良、文醜退兵，至於平亂一事，大人完全可以依仗我們幽州的兵馬，下官這次帶來三萬精銳騎兵，還收服了挑起這次叛亂的始作俑者丘力居，只要丘力居去勸降難樓，憑著大人在烏桓人心中的威望，加上城外駐紮的這麼多兵馬，我想難樓一定會仔細掂量掂量的。」

劉虞點點頭，對身後一個漢子道：「鮮于輔，你速速去前方轉告顏良、文醜，就說我讓他們退兵，如果不退兵的話，我定當上疏朝廷，參他們一本。」

鮮于輔面黑鬚黃，身穿一身勁裝，腰繫一柄長劍，是劉虞的親隨護衛，也是劉虞的幕僚。他聽到劉虞的命令後，當即朝前方戰場快速跑了過去。

劉虞轉頭對高飛道：「高將軍，請隨我進帳歇息，我尚有一些事情想要和高將軍商議。」

高飛見劉虞神情突然變得極為嚴肅，便點點頭，帶著趙雲、太史慈，跟劉虞一起進了營寨。

到了中軍大帳，劉虞停下腳步，看了眼高飛身後的趙雲和太史慈，道：「高將軍，讓你的屬下守在帳外吧，我想和高將軍單獨談談。」

高飛覺得劉虞似乎有什麼難言之隱，便對趙雲、太史慈道：「你們兩個就守在帳外，有人來了也擋下來，必須先通報過州牧大人才能放入。」

趙雲、太史慈聽出了話外之音，便一左一右的守在帳外。

一進大帳，劉虞便不再跟高飛客套了，道：「高將軍當初選擇離開京師，我那時還有點費解，以高將軍之功，在京擔任三公九卿的職務也是易如反掌，現在我才瞭解高將軍的深謀遠慮，實在是令老夫佩服不已啊。」

高飛聽劉虞說出這樣沒頭沒腦的話，一頭霧水地道：「請恕下官愚昧，不知道大人所指何事？」

劉虞失笑道：「這也難怪，我和高將軍並無交情可言，難怪高將軍會有所防範。不過，請高將軍相信老夫，老夫絕對不是要和高將軍為敵的人。自從大將軍何進掌權以來，外戚當權的局面又重新上演了，而且較之以前的外戚來說，簡直有過之而無不及。

「袁氏一門也都投效了何進，**如今朝廷裡，已經是何氏和袁氏的天下了**，先是劉焉出鎮益州，後是劉表出鎮荊州，朝政大權全部被何進控制住了，我因反對何進加九錫，才被任命為幽州牧，照這樣下去，**早晚有一天何進會取而代之，像當年的王莽一樣，篡漢自立。**」

高飛聽後，覺得劉虞對大漢真夠忠心的，對他而言，誰篡漢自立已經無關緊要了，不管是何進還是董卓，都跟他沒有關係，他只關心自己身邊的這一畝三分地，如何將整個幽州牢牢的控制在手心裡才是最重要的。

他沒有說話，靜靜地聽著。

劉虞繼續道：「此次顏良、文醜名義上是護送我上任，實際上是袁紹派來監視我的，他怕我會以幽州為根基，招誘烏桓人破壞何進的大事，所以顏良、文醜寧願損失兵馬，也要強攻烏桓人，以消滅潛在的威脅。

「高將軍，我路過兗州的時候，遇到兗州刺史曹操，我和曹操的父親曹嵩是多年的好友，和曹操也很談得來。當時我將我的處境告訴他以後，他向我提起了你，讓我來幽州以後完全可以依靠你，所以我也不拿你當外人了，方才對你說出這些話。」

高飛聽完，不禁佩服起那些搞政治的人來，各方勢力盤根錯節，真可謂是龍蛇雜處，**看得見的，看不見的，這派勢力，那派勢力，無非都是為了權力而進行的鬥爭。**他也很清楚，**他雖然也想攀登上權力之巔，可是他走的路線與劉虞不同，**如果說劉虞的路線是政治鬥爭，那他的路線就是武力奪取，兩者相較起來，後者雖然走的艱辛一點，可是卻相對穩妥，一旦武力奪取成功，改朝換代之後，就會呈現出一個新的氣象。

「大人，我懂你的意思了，大人儘管相信下官即可。」高飛道。

劉虞道：「我相信你，所以才敢將這些話說給你聽，劉焉只求偏安，劉表只求自守，我劉虞不才，雖然沒有太多能耐，也要逆流而上，否則的話，大漢的天下真的被人竊取了，我劉虞便是天下的大罪人了。」

高飛對劉虞的剛直沒有話說，可是他卻不屑和這種人打交道，因為這種人都是一根筋，名節固然很重要，但是命都沒有了，還要名節有什麼用！

他安慰道：「大人勿憂，下官願助大人一臂之力。只是，大人千萬不要急

躁，需要一步一個腳印的來，以大人漢室宗親的身分，在必要的時候撥亂反正。」

劉虞點點頭，一把抓住高飛的手，感激地道：「高將軍真義士也！」

正說話間，兩人便聽見帳外傳來吵鬧的聲音，不得不停下談話，朝帳外走去。

大帳外，顏良帶著一個大漢站在趙雲和太史慈的面前，指著趙雲和太史慈便劈頭蓋臉的罵道：「混帳東西，你們是誰的家將，居然如此放肆！我乃堂堂的大漢左將軍，快閃開，否則別怪我手下無情！」

顏良身邊的那個大漢當先抽出了腰中的佩劍，劍鋒直指趙雲，喝道：「閃開！」

「我家主公吩咐過，沒有他的命令，任何人不得入內！」趙雲俊美的面容上現出幾分殺意，氣勢上一點也不輸給對面的兩個大漢。

鮮于輔從後面趕了上來，一見這種情形，急忙上前勸道：「顏將軍、文將軍，二位請息怒，我家主公……」

沒等鮮于輔的話說完，顏良便抽出腰中的佩劍，同時一把推開了鮮于輔，大聲喝道：「滾開！我們兄弟的事情，哪裡輪到你來插嘴？」

鮮于輔被顏良一推，一個踉蹌，在地上滾了兩滾，這才爬起來。

剛爬起來，便看到劉虞、高飛從大帳裡走了出來，劉虞朝他使了個眼色，他便拍打了下身上的塵土，心裡暗暗地將顏良的祖宗十八代罵了個遍。

「發生了什麼事？」劉虞一出大帳，便見四個人全部拔出了劍，針鋒相對的，當即正色問道。

「劉大人，我們兄弟一路護送大人到此，又親率大軍為大人平息叛亂，如今我們兄弟正在前線浴血奮戰，大人卻敕令我們退兵，這是何道理，還請大人給我們兄弟一個交代！」顏良將長劍收起，不滿地質問道。

高飛的目光一直注視著顏良身邊的那個大漢，他見那個大漢身上沒有披著沉重的鐵鎧，肌肉盤虯的手臂彷彿蘊涵著無窮的力量。也沒有戴頭盔，亂蓬蓬的頭髮隨便在腦後紮了個結，粗糙的臉上全是漆黑剛硬的短髭，露出一雙虎目，乍看就是個狠角色，他可以肯定，這個漢子便是文醜無疑。

「子龍、子義，收起兵刃，不得對顏將軍和文將軍無禮。」高飛向前跨了一步，囑咐趙雲、太史慈收起兵器，接著向顏良、文醜拱手道：

「在下安北將軍、遼東太守、襄平侯高飛，見過顏將軍、文將軍。這中間有稍許誤會，劉大人之所以要傳令二位將軍退兵，是因為找到了一個很好的破敵辦法，時間緊迫，所以讓人去將二位將軍召回，還請二位將軍不要見怪。」

那長相顯得很凶狠的漢子確實是文醜，聽了高飛的話後，便收劍入鞘，道：「某乃右將軍文醜，早聞高將軍大名，今日能得一見，實是三生有幸。」

高飛見文醜沒有顏良那樣盛氣凌人的樣子，剛才一臉肅殺的表情瞬間便是一臉的和氣，因而笑道：「文將軍的大名，高某也早有耳聞，今日一見，果然不同凡響。」

文醜用胳膊肘輕輕地撞擊了一下顏良，道：「兄弟，既來之則安之，劉大人既然有妙策破敵，也省得我們在前線拼殺是不？收起你的兵器，咱們便看看劉大人有何妙計！」

顏良「嗯」了聲，但是眼中的怒火卻未消失，冷冷地對高飛道：「高將軍，以後請好好的管教屬下，今天這事就這樣算了吧！」

太史慈心中不平，恨得咬牙切齒，想上前給顏良一拳，還沒行動，便被身邊的趙雲一把拉住，低聲制止道：「稍安勿躁。」

劉虞見氣氛緊張，急忙圓場道：「顏將軍、文將軍、高將軍，請入帳一敘。」

顏良、文醜跟著劉虞入了大帳，高飛對趙雲、太史慈叮囑道：「這裡不是鬧事的地方，顏良、文醜也非等閒之輩，要時刻忍耐。」

趙雲點點頭，將太史慈拉到身後，答道：「主公放心，屬下自有分寸。」

高飛「嗯」了聲，轉身亦進入大帳。

太史慈心中十分鬱悶，衝趙雲喊道：「子龍，剛才為什麼要拉住我？顏良那廝欺人太甚！」

趙雲道：「這裡畢竟是人家的軍營，周圍都是別人的軍隊，鬧僵起來會連累主公。顏良雖然可氣，但是現在不是鬧事的時候。你放心，早晚有一天我會將你今天所受到的委屈，全部向顏良討回來的。」

太史慈恨聲道：「不！我要自己討回來！」

趙雲笑了笑，什麼也沒說，和太史慈靜靜守候在大帳左右兩側。

大帳內，劉虞、高飛、顏良、文醜分別坐定。

四人以劉虞身分最為尊貴，自然坐在首席，顏良、文醜次之，高飛則因為官爵沒有顏良、文醜的高，坐在了末尾。

四人坐定之後，劉虞便道：「正如高將軍所言，我已經想好了破敵之計，我曾經在幽州擔任過刺史，和上谷烏桓大人難樓有過數面之緣，深知難樓的為人，所以，我決定和高將軍一起親赴薊城，勸降難樓。」

顏良、文醜互相對視了一眼，一致反對道：「劉大人，太尉大人吩咐我們安

全護送大人上任，如今大人怎可以身犯險？萬一大人有什麼閃失的話，我等如何向太尉大人交代？」

劉虞笑道：「太尉大人讓二位將軍將老夫安全送到幽州，二位將軍已經做到了，至於之後的事嘛，我想就和二位將軍無關了吧？而且，這是我自己要以身犯險，就算有什麼閃失，相信太尉大人也不會責怪二位將軍的。」

顏良、文醜心中一怔，不約而同地想道：「劉虞這老小子葫蘆裡賣的什麼藥？」

高飛插話道：「二位將軍一路護送州牧大人辛苦了，如今高某已經接到州牧大人，二位將軍的任務也算完成了，剩下的事，就交給高某來做吧，高某定當不負太尉大人的一番心意，竭盡全力保護州牧大人。」

這話很直接，明顯是將顏良、文醜置於一邊了，也就是說，顏良、文醜被禮貌的請出了幽州。說得再白一點，那就是「幽州的事，我們幽州官員自己解決，請二位從哪裡來，還回哪裡去吧」。

顏良、文醜自然能夠聽出話外之音。只見顏良臉上青筋暴起，猛地一拍大腿站了起來，剛準備暴喝抗議時，卻被文醜一把捂住了他的嘴。

文醜苦笑道：「我這兄弟顏良自幼有個毛病，這是舊病復發了，還請二位大人不要見怪。」

高飛對文醜頗為欣賞，雖然人長得五大三粗的，可是心卻很細膩，比起只會盛氣凌人的顏良要好出不知道多少倍。同時，他也能夠覺察出來，顏良對文醜是言聽計從。

「無妨，文將軍，要不要叫軍醫來給顏將軍看看？」

只見顏良用一雙怒目瞪著文醜，文醜見顏良不再掙扎了，這才將手鬆開。

「不用了，這點小毛病，還勞煩不到軍醫，某自有良方醫治。既然這是劉大人的決議，我等兄弟自然毫無異議，既然已經完成太尉大人交托的任務，也是時候回去了，劉大人就拜託高將軍了。」

「請放心！」高飛朝文醜抱拳道。

文醜隨即將顏良拉了起來，朝劉虞、高飛拱手道：「那我兄弟二人就此告辭，現在便回營準備撤離事宜。」

劉虞拱手道：「二位將軍一路走好！」

文醜、顏良轉身離開大帳，碰見守衛在大帳外的趙雲和太史慈，互相對視一眼之後，徑直向營地走去。

顏良跟在文醜身後，不滿地道：「你剛才為什麼要攔著我？」

文醜道：「我說兄弟啊，你還看不出來嗎？劉虞此時一改路上的姿態，那是因為高飛的三萬騎兵就在營寨外面的緣故，有高飛給他撐腰，他自然底氣十足。再說，太尉大人只讓我們護送劉虞到幽州，並且見機行事，太尉大人雖然安排我們盯著劉虞，可是半路殺出一個高飛，劉虞必定會被高飛取而代之，對我們有諸多不利，我們再僵持下去，也不是辦法，這件事我們必須回去轉告太尉大人。」

「不懂！」顏良搖頭道。

文醜笑道：「以後你就會明白的，現在我們準備撤軍，回京覆命！」

「大人，顏良、文醜今天必定會從幽州撤軍，大人也可以高枕無憂了。」大帳內，高飛歡喜地朝劉虞道。

劉虞嘆道：「得罪袁紹是逼不得已的事，**袁紹表面上效忠大將軍何進，實際上，何進只是他操控的一個傀儡而已**。袁紹一直打壓漢室宗親，連續將劉焉、劉表逼出京師，現在又輪到了我，如今京城與其說是何進的天下，倒不如說是袁紹的天下。看來，何進要加九錫的事應該也是袁紹在背後搗鬼。高將軍，你跟我說能撥亂反正，能夠具體一點嗎？」

高飛聽了劉虞的話，大致明白了京師的狀況，加上他對何進、袁紹的瞭解，基本上可以斷定，沒有政治頭腦的何進在不久的將來，會成為袁紹玩弄政治手腕的犧牲品，**真正想篡漢的，應該是袁紹才對**。

「大人，何進最近一段時間，在京師可有什麼大的舉動嗎？」

劉虞道：「除了加九錫這件事外，尚有一件事一直是何進心中的一塊詬病，那就是董太后和皇子協。」

「也就是說，何進很有可能會殺董太后和皇子協了？」

「恐怕是這樣的，不過，我也很納悶，何進既然要加九錫，董太后和皇子協對他並沒有威脅，為什麼何進還會畫蛇添足，多此一舉呢？」

高飛想了想，道：「這其中必定有什麼陰謀，應該說是袁紹的陰謀，但是我一時之間也猜不透到底是什麼。」

「袁紹確實是個厲害的角色，他大肆徵召天下豪傑，禮賢下士，手底下籠絡了一大批幕僚。如今他的聲望早已經蓋過了何進，就連他的弟弟袁術也聲名鵲起，如今大漢風雨飄搖，我身為漢室宗親，卻無法撥亂反正，實在是無能啊！」

「大人，為今之計，只有先穩定幽州，同時招兵買馬，訓練軍隊，不管是何進還是袁紹，只要有人敢篡漢自立，大人就立刻能夠帶領兵馬直指京師，相

信其他各地諸侯都會群起而應之，到時候驅逐權臣匡扶漢室的大任，就由大人一肩挑起了。」

劉虞聽到高飛的話後，整個人為之一振，覺得高飛說的很有道理，朗聲道：「你說得不錯，我應該負起匡扶漢室的大任。高將軍，你真是一個忠君愛國的好將軍，大漢能有你這樣的人，是大漢的福氣。只可惜老夫和高將軍相識恨晚，若是早認識幾年，朝廷又怎麼會被禍害成這個樣子！」

高飛見劉虞對他十分的信任，當即道：「大人，在下只不過是盡一份臣子該盡的心罷了。如今烏桓人還占據著幽州四郡，大人應該儘快結束這場戰亂，並且招誘烏桓人到麾下，內修勤政，外練強兵，以待大事來臨。」

劉虞此時心裡十分激動，彷彿看到大漢被他拯救，看到他撥亂反正後朝野一派祥和的景象，卻沒有意識到高飛的野心。

高飛力挺劉虞是有他自己的目的的，無論是政治上還是軍事上的都有。他要借用劉虞的手打造好一個幽州，並且為自己謀取最大的利益。

劉虞興奮地道：「高將軍，我們現在就進薊城吧，我想，以我劉虞的名聲，加上丘力居的遊說，絕對能使難樓投降。」

高飛點點頭，和劉虞一起跨出了大帳，在趙雲、太史慈、鮮于輔的護衛下出了軍營，向高飛的兵馬所在地而去。

張郃、丘力居左等右等不見高飛回來，正準備派人去找高飛的時候，卻見高飛等人走了過來。張郃、丘力居立刻向前迎道：「參見主公！」

「趙雲、太史慈、張郃，你們三人留在這裡，所有的兵馬原地休息，丘力居，你跟我一起，咱們進城去見難樓。這位是幽州牧劉伯安大人。」高飛吩咐道，又將劉虞介紹給丘力居。

丘力居一聽劉伯安的名字，立即拜道：「在下參見劉使君，早聞劉使君大名，未曾一見，今日能遇到劉使君，實是三生有幸。」

「大人，這位就是遼西烏桓大人丘力居，如今已經悔過自新，投降於下官，下官便任命他為鷹烈將軍。」高飛緊接著又介紹丘力居道。

劉虞在幽州無人不知，無人不曉，同時他在對待少數民族的問題上也十分寬厚，早年擔任幽州刺史時，便恩澤鮮卑、烏桓、夫餘、高句麗等，所以丘力居一見到劉虞，就顯得很欣喜。

劉虞笑道：「高將軍做得很好，對待烏桓人就應該如此，一味的打打殺殺只會增加兩族人民的仇恨，冤冤相報何時了，只要大家和平相處，沒有什麼解決不

了的事。」

高飛道：「多謝大人讚賞，如今時候不早了，我們一同進城吧！」

劉虞點點頭，扭身對鮮于輔道：「你去叫開城門，就說我來了，我想難樓不會不給我這個面子的。」

鮮于輔「諾」了一聲，策馬向前，快速奔到薊城城下。

高飛、劉虞、丘力居三人則慢慢悠悠的朝薊城城下走去。

等他們走到那裡時，見到一地的屍體，就連護城河都被鮮血染紅了，地上到處都是斷裂的兵刃以及碎裂的人骨，空氣中瀰漫著濃濃的血腥味，讓人聞了幾欲作嘔。

果然不出劉虞的猜測，鮮于輔一亮出劉虞的名號，城中的烏桓人都紛紛表示出十分尊敬的樣子，不多時，城門便打開了，一個虯髯大漢騎著一匹駿馬帶著人列隊歡迎。

騎馬大漢跳下馬，用漢人的禮節拜道：「劉使君大駕光臨，難樓有失遠迎，還請劉使君勿怪！」

劉虞道：「難樓大人還是一樣的健碩啊，一別經年，今日卻在這種局面下相逢，實是天意弄人啊。」

難樓苦笑道：「劉使君說笑了，無論何時何地，只要劉使君來訪，難樓必定會恭迎劉使君。和使君一別數年，不想使君如今已生華髮，和當年親赴白山的情形來，簡直是判若兩人。不知道使君最近身體可好？」

劉虞感慨道：「歲月不饒人啊，我已經到了古稀之年，不像難樓大人正值壯年。不過我的身體一向很好，有勞你記掛了。難樓大人，我來給你介紹一下，這位是遼東太守、安北將軍、襄平侯高飛，這位是遼西……」

難樓看到丘力居，當即打斷劉虞的話，冷笑道：「劉使君，這個就不用介紹了，化成灰我都認識。」

丘力居聽難樓如此說，哈哈笑道：「難樓還是一樣的難樓，只可惜我丘力居已經不再是當年的丘力居了，如今我已經正式歸順大漢，是高將軍的部下了。」

難樓哼了一聲，對丘力居道：「不知道你今日來是以漢軍身分入城，還是以遼王的身分入城？」

丘力居聽難樓如此說話，也不生氣，當即答道：「臭小子年輕氣盛可以理解，遼王已經一去不返，如今我是大漢的鷹烈將軍。」

難樓笑道：「我懂了，劉使君、高將軍，請隨我來吧！」

劉虞深知難樓的脾氣，也知道丘力居和難樓之間有點過節，並不在意，便跟

著難樓走進了城。

高飛對難樓一無所知，為了能夠更加瞭解難樓，便問向身邊的丘力居道：「難樓是個怎麼樣的人？」

丘力居小聲道：「用漢人的話來說，叫放蕩不羈，做人做事都很講義氣，不拘小節，只可惜兩年前他被我在白檀一帶擊敗後，一直懷恨在心，饒是如此，他卻從不做損人利己的事，也不會趁人之危，甘願聽從我的號令。只是現在這種情況，我已經無法號令他了，他對我出言不遜也在情理之中。」

高飛聽了，笑道：「看來難樓也是個性情中人嘛，既然如此，那收降他應該不難。」

丘力居道：「我曾經擊敗他的主力，而主公又擊敗了我，難樓崇尚英雄，對他來說，主公就是英雄。一會兒進城之後，難樓必定會對主公一改常態，請主公提防為妙。」

「提防？」

「對，難樓很少服人，等會兒必定會向主公挑戰，主公可千萬不能接受他的挑戰，這樣一來，他就會如坐針氈，到時候再勸降他就易如反掌了。」

高飛聽後，哈哈笑了起來。

從他和丘力居這些天的接觸，他發現丘力居確實在領導方面有些才能，否則的話，也不會連難樓、烏延、蘇僕延這樣的各部首領都臣服於他。

只是丘力居出師不利，碰上了高飛和荀攸這樣厲害的人物，也就註定了他的失敗，終究會成為高飛的部下。

第五章

以夷制夷

劉虞想了想道：「幽州總共有四十三萬烏桓人，經過戰亂之後，丘力居部和烏延部總人口應該在三十八萬左右，如此龐大的人口，確實不容易治理。烏桓人的風俗習慣和我們漢人不同，以夷制夷確實是最好的方法。」

進了城，高飛、丘力居緊隨劉虞身後，在難樓的帶領下來到了州牧府。

到了大廳，難樓將劉虞奉為上賓，他和高飛、丘力居坐在下首，鮮于輔則侍立在劉虞身後。

劉虞剛剛坐定，便首先發話：「難樓大人，我的來意，想必你也清楚吧？」

難樓確實心知肚明，當即道：「不知道使君想讓我怎麼做？」

劉虞道：「帶兵回白山，歸還四郡之地和搶掠的百姓。」

難樓笑道：「那我這次豈不是無功而返了嗎？」

「你放心，我絕對不會虧待你，我自當表奏朝廷，封你為大漢的將軍，同時奉上金銀財帛，作為贖回幽州百姓的贖金，並將上谷作為互通之市，我們彼此還向往常那樣豈不是很好嗎？」劉虞一本正經地道。

難樓沒有立刻回答，看了看高飛，又看了看丘力居，隨即問道：「老不死的，你說是這位高將軍擊敗了你？」

丘力居隨之回應道：「你這個臭小子，嘴巴放乾淨點，這裡在座的可都是大漢的將軍，上有劉使君，下有高將軍，可不是塞外草原。」

難樓清了清嗓子，改口道：「丘力居大人，你剛才說的都是真的嗎？」

丘力居點點頭道：「我向來說一不二，確實是高將軍在遼西擊敗了我，我走投無路之下，是高將軍給了我一絲信念，如果你不想烏桓人從此絕種的話，就趕緊投降吧。」

難樓嘖嘖地道：「看不出來，高將軍居然比白馬將軍還厲害，我只聽說你將公孫瓚圍困在管子城，沒想到你居然會敗給這位高將軍。看來，高將軍應該是神勇無敵的天將軍了。」

丘力居大力點頭道：「你說對了，高將軍不僅是天將軍，還是紫微帝……」

「哈哈，你們都太抬舉我了，我只是個平常人而已。」高飛打斷丘力居的話，他怕丘力居會將什麼紫微帝星轉世說了出來，這種話對劉虞來說，絕對是非常刺耳的。

丘力居也立刻會意過來，便不再說話了。

難樓越發地對高飛產生了興趣，在游牧民族心裡，他們一向尊敬強者，繼承各部首領的人，也是各部最強的人，或是能夠使各部族人得到信服的人。

難樓屬於前者，他是他的部族裡最強的一個人，在擊敗了前任的烏桓大人之後，接過首領的位置。但是，個人能力強悍的他，在軍事的才能上卻很低下，所以才會敗給兵馬和人口都不及他的丘力居。

「高將軍，我難樓平生最佩服英雄，在我們草原上，天將軍就是英雄的代名

詞。既然他們都叫你天將軍，相信你必然有過人之處，我想和你比試比試，不知高將軍意下如何？」

高飛想起進城時丘力居對他說過的話，便道：「我從不輕易和人交手，如果是敵人的話，不用我出馬，我手下的五虎將就會直接將敵人擊潰。如果是自己人的話，那就另當別論了，切磋切磋武藝是很正常的。」

難樓聽了，興趣更濃了，心裡想道：「聽他的話，好像他的手底下還有五個高手，看來他的軍中果然有能人，能夠被稱為虎的人，一定是很厲害的。」當即道：「劉使君，既然你是來勸降的，那我難樓就看在劉使君的面子上接受你的招降。但是，我有一個附加的條件。」

「什麼條件？你儘管說出來。」劉虞道。

難樓道：「上谷一帶漢人稀少，我所掠來的漢人也會如數歸還劉使君，但是請劉使君將上谷郡讓給我的族人居住。」

劉虞想都沒有想，直接回絕道：「不行！大漢的國土豈能是隨便割讓的？」

難樓哼了聲，道：「劉使君，如今的局勢已經今非昔比了，我的部下有十八萬族人，其中突騎兵就有八萬人，占據了幽州四郡之地，只要我一聲令下，八萬突騎兵便會乘勢南下，數月之內，便可橫掃冀州、青州、兗州等地，只要我高興，直搗京師也不成問題，我只以上谷一地作為退兵的代價，已經算是客氣的了。」

丘力居見難樓氣焰如此囂張，當即道：「你怎麼……」

「你閉嘴！」難樓沒等丘力居說完，便大聲喝道：「當初我不想反，是你執意逼著我反，現在我反了，你卻投降了大漢。我既然反了，費了那麼多精力，也該有點回報吧？八萬突騎兵雖然不是很多，但是短時間內要橫掃整個河北絕對沒有問題，一路燒殺搶掠，誰能攔得住？不把河北攪個底朝天，我誓不甘休！」

劉虞為之一怔，看著面前的難樓，和他認識的難樓簡直判若兩人，當即道：「你……你想來個魚死網破？」

難樓重重地點點頭，朗聲道：「不給我上谷郡作為我族人的聚居地，咱們就拼個魚死網破，反正到頭來受害的，還是你們大漢的百姓！」

「你……」

劉虞氣得臉上青一陣紅一陣，**他隱約感到這群來自草原上的蒼狼，即將掀起一場軒然大波，也錯誤地高估了自己勸降的能力。**

此時，大廳裡充滿了火藥味，緊張的氣氛讓人窒息，每個人的心裡都砰砰地心跳加速。

良久，高飛終於開口了：「難樓大人，據我所知，上谷郡其地，北以燕山屏障沙漠，南擁軍都俯視中原，東扼居庸鎖鑰之險，西有小五臺山與代郡毗鄰，是自古以來的兵家必爭之地。那裡雖然草原廣闊，荒山野嶺面積大，但是河川、盆地水利條件一般，說不上什麼草肥水美。**難樓大人執意要以上谷郡為退兵的條件，莫非是想借其地勢的優越性對付北方的鮮卑人嗎？**」

難樓心中一震，沒想到高飛居然說出自己心中所想，驚詫之下，不禁脫口道：「你……你怎麼知道？」

高飛笑呵呵地道：「我是天將軍，我有什麼不知道的。而且現在你們烏桓人的處境我也十分清楚，南與大漢為敵也是迫不得已的，北邊還要時刻提防著鮮卑人。你們之所以起兵造反，是因為大漢朝廷對你們並不優厚，每逢征伐，首先想到的便是你們烏桓人，出生入死的結果，換來了你們烏桓人的不斷減少。但是北方草原上還有一個強大的勁敵，那就是鮮卑人，為了躲避鮮卑人不斷的襲擾，你們便想遷到長城以內，借助長城來隔斷鮮卑人的騷擾。難樓大人，我說的沒錯吧？」

難樓眼裡冒出精光，吃驚地看著高飛，就如同見到神明一樣，一迭聲地道：「沒錯沒錯，我就是這樣想的。我的族人如今還有十八萬，如果再不改善一下居住環境的話，很可能我的部族會在以後的幾年內被鮮卑人吞沒，到時候我們烏桓人就會真的消失匿跡了，也正是因為這個原因，我才跟著丘力居一起反漢的，無非是希望將自已的族人遷徙到長城以內，重振我們烏桓人而已。」

高飛接著道：「難樓大人，振興烏桓可不單單只有這一條路而已，大漢子民千千萬萬，真正理解你們烏桓處境的，恐怕沒多少，也正是這個原因，大漢的軍隊才會因為你們的反叛給予嚴重的打擊。如今丘力居的族人已經全部遷徙到了遼西的柳城一帶，那裡草肥水美，土地遼闊，北接草原，南鄰大海，而漢人也大多流入到了其他郡縣，如果你肯投降的話，我一定會本著一視同仁的心態來對待你們烏桓人，並且央求州牧大人將遼西劃出來，單獨設立郡縣，專供你們烏桓人居住，讓你們烏桓人全部聚居在一起，如何？」

丘力居借機走到難樓的身邊，小聲耳語道：「難樓，天將軍是我見過最瞭解我們烏桓人的人，我相信他一定能帶領我們復興烏桓，如今烏桓各部都聚集在柳城和昌黎一帶，如果你帶領族人前來，我們烏桓才能算得上是一個整體，振興烏桓的大業也才能一點一點的實現。」

難樓仔細地想了想，最後朗聲道：「好，就衝天將軍的這一席話，我難樓願意退兵，同時願意奉天將軍為主，帶領我們烏桓人走向復興之路。」

大廳裡的氣氛瞬間被扭轉過來，劉虞略帶驚訝的看著高飛，沒想到高飛的一席話居然能夠將難樓勸降。同時，他對高飛也更加看好了，若是有這樣一個人來輔佐他，何愁幽州不太平！

劉虞笑呵呵地走到難樓面前，和顏道：「既然難樓大人已經同意投降了，那從今以後，咱們還是和以前一樣。至於高將軍提議的，將遼西作為你們烏桓人的居住地，我也贊同，但是，你們必須接受大漢的直接管轄。」

難樓點點頭道：「既然是劉使君坐鎮幽州，那我難樓自當願意接受大漢的直接管轄，我這就命人傳令給涿郡、上谷、代郡的小帥，讓他們全部退到上谷一帶，同時準備將我的族人遷徙到遼西柳城一帶。」

劉虞笑道：「好了，這樣一來，我們就皆大歡喜了，難樓大人，希望我們還能和以前一樣和睦相處，永享太平。」

難樓當即叫人進來，吩咐一番退兵的事宜，便令人設下酒宴，要款待劉虞。

酒宴過後，難樓將劉虞、高飛等人送出了城。

出了城，劉虞和高飛並肩走著，對高飛道：「子羽啊，你真是年輕有為，沒想到你一席話便將難樓給勸降了，真是讓老夫刮目相看。」

高飛聽劉虞叫他的字，心中大喜，這表示劉虞不再將他當外人看了，笑道：「這一切都是託大人的福，如果不是大人聲名在外，恩澤烏桓人，縱使我提出了這個建議，難樓也不一定會接受。大人，下官還有一個不情之請，想請大人恩准。」

劉虞道：「今天你立了大功，有什麼話儘管說，只要老夫做得到的，一定幫你。」

高飛道：「這件事對大人來說，只是舉手之勞而已。下官提議將所有的烏桓人遷徙到遼西的柳城到陽樂一帶，使其他各部的烏桓人和遼東屬國的烏桓人連成一片，這樣一來，烏桓人就能單獨作為一個整體，居住在柳城到昌黎一帶。

「遼西地廣人稀，漢人多數聚居在濱海道以西，以東則少有人煙。下官以為，不如將遼西郡一分為二，以古燕國的長城為分界點，以西仍為遼西，以西則廢除遼東屬國，將遼西和遼東屬國合在一起，設立昌黎郡，讓烏桓人自己管理自己，不知道大人以為如何？」

劉虞想了想，緩緩地道：「幽州總共有四十三萬烏桓人，經過戰亂之後，丘力居部和烏延部總人口應該在三十八萬左右，如此龐大的人口，確實不容易治理。烏桓人的風俗習慣和我們漢人不同，如果雜居在一起，或許會生出事端來。

你的這個提議很好，以夷制夷確實是最好的方法，只要他們願意接受大漢的管轄，不再為亂，劃出一郡供其居住也是應該的。好吧，我答應你，等接管了薊城之後，我就立刻上疏朝廷，奏請設立昌黎郡。」

高飛拜道：「多謝大人成全，下官還有一事想請大人恩准。」

「呵呵，子羽啊，以後跟我就不要那麼客氣了，我雖然是文人出身，可是多年來在幽州一帶擔任州刺史，身上也難免沾上了一身胡氣，你直接說吧，還有什麼請求，全部說出來。」

高飛也不再客氣了，當即道：「大人，下官想請大人一併廢除玄菟郡，將玄菟郡併入遼東郡，而且將遼東郡、樂浪郡、昌黎郡這幽州以東的三郡交給下官來統一治理，下官必定竭盡全力將這三郡管理得百姓安居樂業，讓幽州局勢穩定下來。屆時大人在西，我在東，大人有什麼需要，只需一聲令下，下官必然會帶領所有兵馬援助大人。」

劉虞捋了捋鬍子，停住腳步，凝思了一會兒，才道：「子羽一身正氣，在朝中的時候也能處變不驚，如今又是平定幽州叛亂的一大功臣，我本想讓你從此跟隨在我的身邊，留在薊城，早晚聽用，既然你主動提出要去治理遼東、樂浪、昌黎三郡，我也不能強人所難。可是現在幽州西部各郡百廢待興，尚需要一段時間招攬流失的百姓，也正是用人的時候，我又怎麼肯將子羽如此大才放到東部三郡呢？這樣吧，子羽，你暫且留在薊城幫助我三個月，三個月之後，等幽州局勢穩定下來後，我便將遼東、樂浪、昌黎全部交給你來治理，你覺得怎麼樣？」

高飛見劉虞如此坦誠，他也早猜出來劉虞想讓他留在薊城輔佐他的意思，所以才及時提出東歸。可現在這種狀況，幽州西部各郡也確實是需要時間恢復，流失的百姓也需要時間回到幽州，他見劉虞十分誠懇的相邀，而且三個月的時間並不長，當即便點點頭，應允了下來。

劉虞見高飛答應了，人立刻來了精神，十分的高興，一把拉住高飛的手，開心地道：「走，咱們現在就回營，先送走顏良、文醜，然後你的兵馬就暫且留在薊城，以達到穩定人心的目的，三個月後，我必然會如你所請，將幽州東部的三郡全部交給你來治理。」

薊城城外的漢軍大營已經開始拆卸了，漢軍將士們收拾著各自的東西，留下了一地的狼藉。

顏良、文醜騎著高頭大馬，帶著親衛等候在高崗上，見劉虞、高飛等人走了過來，當即策馬相迎，在馬上向劉虞、高飛拱手道：

「劉大人，高將軍，我等使命已經完成，就不在此地逗留了，希望二位大人多多保重，我兄弟二人就此告辭。」

劉虞客氣地回應了兩句，便見顏良、文醜調轉馬頭，帶著兩萬北軍浩浩蕩蕩的朝南而去。

這就是大漢精銳的北軍，只是，如今的北軍雖然武器裝備都很精良，卻成了當權者的私軍，失去了高飛第一次見到的風采。

高飛見顏良、文醜帶走了所有的兵馬，留下來跟著劉虞的，只有鮮于輔一個人而已，心中暗道：「如今顏良、文醜走了，如此一來，幽州就只剩下公孫瓚這一部勢力了，劉虞沒有兵馬，所招降的烏桓人又全部遷到了昌黎郡，他必定會極力的依靠我，下一步，就是驅趕公孫瓚，進而控制整個幽州了。」

正在想時，一匹快馬朝劉虞奔了過來，還來不及下馬，便急急報道：「啟稟大人，難樓在北門的兵馬突然遭到襲擊。」

「你說什麼？」劉虞驚道：「襲擊難樓的是何處兵馬？」

來人道：「不知何處兵馬，只見襲擊難樓軍隊的騎兵全部騎的都是白馬！」

「公孫瓚？」劉虞和高飛異口同聲地叫了出來。

「不好，公孫瓚一向視胡虜為仇敵，他這麼一攪和，原本已經投降的難樓，不知道會有什麼別的打算。大人，請快點到北門制止公孫瓚才行！」高飛急道。

劉虞向一旁的騎兵要來馬匹，迅速跳上馬背，怒不可遏地道：「這個公孫瓚，老是做些和我背道而馳的事！」

高飛跟著劉虞一起向北門奔馳而去。

此時的北門一片混亂，烏桓人和公孫瓚的白馬義從廝打在一起，喊聲震天。

難樓剛將所有的兵馬集結在北門外準備離去時，突然見到東北方駛來一彪騎兵，他知道那是公孫瓚的白馬義從，可他已經宣布投降了，便沒有對那撥騎兵採取防禦行動，哪知公孫瓚的兵馬連旗幟都沒有打，數千白馬義從一股腦的便衝了上來。

難樓兵馬被公孫瓚殺了個措手不及，部下頓時便陣亡了一千多人，他見公孫瓚要置他於死地，趕忙下令部下反擊，和公孫瓚的兵馬展開混戰。

劉虞、高飛看到如此混亂的局面，而且西北方向還有一陣塵土飛揚，一面面旗幟迎風飄揚，他們知道那是公孫瓚的步兵來了。

「大人，這種場面再不制止的話，只怕會有麻煩，難樓好不容易願意投降，可千萬不能被公孫瓚又給逼反了。」高飛憂心道。

劉虞點點頭，翻身下馬，快步走上城樓，親自擂響戰鼓，鼓聲隆隆，一邊大

聲地喊道：「住手，都給我住手！」

城下的士兵仍在不斷地砍殺，公孫瓚的白馬義從並不認識劉虞，而公孫瓚本人則根本就不理會鼓聲，連頭都沒抬一下，手持精鋼雙刃長矛，不停地刺殺著烏桓人。

高飛見狀，趕忙也登上城樓，手裡拿著弓箭，一上城樓，當即開弓搭箭，朝著城下的公孫瓚射了出去，箭矢劃破長空，直接朝公孫瓚的右臂飛了過去。

公孫瓚絲毫沒有注意會有冷箭射來，正殺得興起的他，突然感到右臂傳來一陣疼痛，大叫一聲，抬頭見高飛立在城垛上，手持大弓，一雙犀利的眸子正盯著他。

「狗日的！你他娘的想殺了我嗎？」公孫瓚大怒，捂著右臂，衝著城樓上的高飛大聲罵道。

高飛使出全身的力氣，大喊道：「都住手！」

喊聲如雷，響徹天際，加上公孫瓚受傷，他的部下紛紛護衛著他朝後退去，兩邊混戰的隊伍一下子便分開了。

難樓帶著烏桓人在西邊，公孫瓚和白馬義從在東邊，所有的人都仰臉看著站在城樓上的高飛。

「狗日的高飛，你要是想殺我，就直接下來單挑，放你他娘的什麼狗屁冷箭啊？」公孫瓚怒火攻心，一咬牙，狠心將右臂上插著的箭矢給拔了出來，失去理智的他指著高飛大聲罵道。

高飛將背後的劉虞給請了出來，朗聲道：「這位是新到任的幽州牧劉使君，如今難樓已經投降，重新歸附大漢，公孫瓚，你不分青紅皂白，擅自殺戮，如果劉使君不讓我出此下策，恐怕會釀成極大的惡果！」

這番話高飛說得十分漂亮，不僅將黑鍋推給了劉虞，還將劉虞請出來當擋箭牌。

劉虞倒沒想那麼多，見高飛一箭便將兩軍分開了，心裡還很高興，喊道：「出此下策，實在是逼不得已，但是我想讓你們都知道，現在幽州叛亂已平，所有的人都是大漢的子民，不能擅自隨意殺害！」

公孫瓚白白挨了一箭，心中不勝懊惱。他帶著兵馬從漁陽一路趕了過來，到達薊城時，便見難樓的兵馬毫無防備的彙聚在北門，他當時一陣大喜，即刻下令攻擊。可是讓他沒有想到的是，他為了休整兵馬，終究還是來晚了一步，難樓居然已經投降了。

他眼裡放出帶著怒火的目光，狠狠地盯著劉虞，心道：「原來這一切都是劉

虞的命令，這一箭之仇，我必定要向你討回一個公道。」

城樓上，劉虞一派大家風範，環視城下數萬兵馬，彷彿是一個檢閱部隊的大將軍一樣。

他高抬雙手，朗聲道：「這只是一個誤會，難樓、公孫瓚，還請你們各自罷兵，我會厚葬陣亡的士兵的。」

高飛聽劉虞如此說話，簡直等於是火上澆油，搖搖頭，嘆了口氣，心中默道：「劉虞確實有長者之風，可是現在這種情形，他居然將所有的事情攬在自己身上，這樣下去，只怕會給自己種下惡果。不過這樣也好，反正我只是利用劉虞達到自己的目的而已，不如再借用劉虞激起和公孫瓚之間的矛盾，這樣一來，以後我就可以坐山觀虎鬥了。」

城下，烏桓人陣中，難樓一臉怒氣，這次混戰，他的族人死了兩千多人，劉虞只說了些無關痛癢的話，對突然發動襲擊的公孫瓚卻不責罰，這讓他很難接受。

他的目光轉向劉虞身邊的高飛，見高飛也在盯著他看，四目相對的那一剎那，他彷彿從高飛的眼中看出一絲希望。

「劉虞畢竟是大漢皇室，心中難免會偏袒大漢，而高將軍是連丘力居都願意死心塌地跟隨他的天將軍，看來他才是我們烏桓人振興的希望。」難樓心裡默默想道。

高飛觀察了一下周圍的氣氛，躬身對劉虞道：「大人，既然兩軍已經分開了，就請大人下令做出適當的補償吧。」

劉虞沉聲道：「難樓並未帶走薊城內府庫中的錢糧，這是一個可喜的地方，既然如此，那我應該設宴款待難樓和公孫瓚，化解他們兩個人之間的誤會。你這就傳令下去，讓難樓、公孫瓚暫時駐紮城外，我會派鮮于輔去處理陣亡將士的事，入夜後，我會親自在州牧府宴請他們的。另外，讓你的部下入城，負責守衛四門。」

命令下達後，各部兵馬開始忙活著，公孫瓚則在薊城東北方向就地紮下營寨。他獨自一人坐在大帳中，感受著從右臂上傳來的陣陣疼痛，整個人憤怒到了極點。

此時，公孫越從帳外走了進來，朝公孫瓚拱手道：「兄長，高飛來了。」

「他還敢有臉來？狗日的射了我一箭，我這口怒氣還沒消呢，不見！」公孫瓚罵道。

公孫越遲疑道：「兄長，不見恐怕不好吧，他是專程來賠禮道歉的，萬一傳

了出去，只怕別人會說兄長氣量太小了。」

公孫瓚氣呼呼地道：「那讓他進來吧，我倒要看看他有什麼好說的！」

不多時，高飛在公孫越的帶領下，來到營帳中。

一進營帳，高飛臉上立刻擺出愧疚的樣子，道：「公孫將軍，實在是對不起，剛才那種情況下，我是不得已才將你射傷的，所以專門來向公孫將軍賠禮道歉，還請公孫將軍原諒。」

公孫瓚哼了聲道：「原諒？我平白無故的朝你射一箭，再向你道歉，你會原諒我？高將軍，雖然你的官階比我高那麼一點點，可是你這樣毒害下官，難道就一點不愧疚嗎？老子現在的胳膊疼得要命，這是說一兩句話就能消除的嗎？」

高飛好言道：「公孫將軍息怒，剛才確實是誤會，我真的是不得已……」

「高將軍，我有句話想問你，你可要如實回答我，否則，我這輩子都不會原諒你。」公孫瓚見高飛一臉誠懇，稍稍消了點怒氣，道。

高飛道：「公孫將軍有什麼話儘管問便是，我一定如實相告。」

「高將軍，究竟是不是劉虞老兒下令讓你用箭射我的？」

「是……不是，是我自己……」

「高將軍！我敬重你是條漢子，才把你當朋友看待，雖然說我們之前有一些不愉快，但是你當初帶兵替我解除了丘力居的包圍，這份恩情我不會忘記的。所以，請你也將我當朋友看待，如實告訴我，到底是不是劉虞老兒下的命令？你不用包庇他，我只是想弄清楚事情的真相而已。」

高飛故作凝思狀，沒有說任何話。

公孫瓚拍了一下大腿，怒氣衝天地道：「我就知道，劉虞老兒一心袒護烏桓人，從來都不把我放在眼裡，今天還下令用箭射我，這個劉虞老兒，我跟你沒完！」

高飛急忙擺手道：「公孫將軍，不是這樣的，請聽我解釋一番。當時的情況是劉使君見公孫將軍和難樓正在混戰，一時間分不開你們，便想到了這個主意。他說與其去射難樓，不如射公孫將軍，公孫將軍武藝高強，一定能夠避開冷箭……我也沒想到公孫將軍竟然沒有避開冷箭，這一切都是我的罪過，和劉……」

「高將軍，你不用說了，總之下令開弓用箭射我的就是劉虞老兒，冤有頭，債有主，我公孫瓚不會再為難高將軍的，請高將軍放心就是了。今天劉虞老兒設宴，搞不好就是鴻門宴，還高將軍轉告劉虞，就說我不稀罕什麼酒宴，加上右北平郡裡還有許多事情要處理，既然烏桓叛亂已經平定了，我再待在這裡也沒有什

麼意思，就此告辭。」

「公孫將軍，這……這恐怕不好吧，畢竟劉虞是州牧……」

「他當他的州牧，我做我的太守，他的州牧是大漢朝廷封的，難道我的太守就不是了嗎？他劉虞就算權力再大，沒有朝廷許可，也無權罷免我的太守職務！高將軍，我還有事要忙，就不送了，請！」

高飛裝出一臉無辜的樣子，朝公孫瓚拱拱手，便走出了營帳，心裡卻暗自得意道：「看來事情已經成功一半了，只要再在劉虞面前挑撥一番，公孫瓚和劉虞之間就等於就此結怨了。」

公孫越送走高飛，再次回到大帳時，忍不住對公孫瓚道：「兄長，你這樣做，是不是鋒芒太露了？」

公孫瓚喝斥道：「閉嘴！劉虞之前擔任刺史時，我就對他有意見，如今朝廷又派他來做州牧，這明擺著是要壓榨我嘛。幽州經過這次動亂，我大肆招兵買馬，總算擁有三萬兵力，回去以後，我一定要再行招兵買馬。劉虞在幽州的舊部基本上都在戰亂中消亡殆盡了，如今只不過是依靠高飛的三萬騎兵而已。等高飛一回到遼東，我就立刻將劉虞抓住，先殺了再說，然後奏請朝廷，說劉虞裡通外國，意圖謀反，反正袁本初也讓我留意劉虞，這事做了，正合袁本初的心意。到時候我再將兵向東，一舉把高飛也滅了，整個幽州就握在我的手裡了。」

公孫越聽著，頻頻點頭道：「真是這樣的話，兄長便可以稱雄幽州，一旦天下有變，便能將兵南下，以奪天下了。」

公孫瓚歡喜地道：「嗯，你傳令下去，全軍撤退，回右北平，另外命令駐守在漁陽的劉備，讓他率部返回右北平，將漁陽府庫裡的錢糧全部運走。」

公孫越「諾」了聲，笑著走出了營帳。

第六章

諸侯爭霸戰

劉虞出身貴族，要他剷除各地的富紳、豪族，他做不到，因為正是那些富紳、豪族、世家支撐起他在幽州的名氣，對劉虞而言，這些富紳、豪族是既要利用又要依靠的勢力，這或許也是東漢末年諸侯爭霸戰中真實的寫照吧。

高飛從公孫瓚的大營回來後，便徑直進了薊城。

此時的薊城已經完全被高飛的兵馬接管了，守備四門的士兵也都是他的部下。來到州牧府，高飛便去見劉虞，**他要再加上一把火，讓劉虞對公孫瓚產生厭惡，這樣一來，他的目的才算達到。**

劉虞正在大廳裡翻看府庫中的存放單據，看到高飛來了，急忙道：「子羽，你怎麼現在才來啊？」

「哦，下官去了趟公孫瓚的大營，所以來得晚了點，還請大人見諒。」高飛答道。

劉虞聽到公孫瓚的名字，放下了手頭的事，抬頭看著高飛，道：「你去公孫瓚的大營了？」

「嗯，下官去給公孫瓚送些金創藥，順便安撫一下公孫瓚。」

劉虞哼了聲道：「公孫瓚不值得去安撫，他這種性格的人，我根本不屑於和他一起共事，當年我看他是個人才，才提拔他為騎都尉，並且讓他留在幽州領兵。可是誰想公孫瓚一得到兵權後，便不再聽我的號令了，常常自己帶兵出塞，去找鮮卑人戰鬥，弄得我幽州兵員大大的不足。我當時極力勸阻他，他始終不肯聽從，正好朝廷徵我為宗正，我也就懶得理會他了，直接去了京師。沒想到一別數年，他還是那個樣子，而且氣焰比以前更加囂張。我不用你回答就已經知道你此去的結果了，公孫瓚準備撤兵回右北平對不對？」

高飛點點頭，心中想道：「看來不用我來火上澆油，劉虞自己對公孫瓚就很討厭了。」

劉虞繼續道：「這也難怪，公孫瓚嗜殺成性，不恤百姓，記過忘善，你射了他一箭，他定然會把你記在心裡，時時刻刻的恨著你。子羽啊，你以後要多加提防公孫瓚，他雖然不是治理地方的人才，卻是不可忽視的軍事人才，其部下白馬義從是最精銳的部隊，而他在幽州的名聲也很大，鮮卑人、烏桓人都稱他為白馬將軍，這可是他一刀一槍拼出來的。」

高飛見劉虞為人的確很厚道，**他在想方設法的算計劉虞，可劉虞卻以誠相待，對他坦誠布公，還提醒他留意公孫瓚。**

他突然覺得他這樣算計劉虞到底是對還是錯，不禁陷入了沉思當中：

「劉虞一派長者之風，對我坦誠相待，我卻這樣處心積慮的算計他……可是賈詡曾經說過，無毒不丈夫，要成大事，至親亦可殺。**縱觀歷史上的皇帝們，哪一個手上沒沾點血腥，我要是還有婦人之仁的話，怎麼能夠成就一番霸業？**劉虞啊劉虞，**這都是現實的需要，**等你哪天不在人世了，我會繼承你的遺志，繼續用

懷柔政策安撫邊疆少數民族，也會替你力挽狂瀾，拯救大漢的。」

「子羽……子羽……」劉虞見高飛愣在那裡，輕聲喊道。

「啊？哦，大人，你叫我？」

「你在想什麼呢，那麼入神？既然公孫瓚走了，今天所設下的酒宴，你就將你手下幾名得力的將軍一起叫來吧，大家一起熱鬧熱鬧。」

「諾，下官明白了，下官這就吩咐下去。」

當夜，劉虞、高飛、難樓帶著自己的得力幹將，一起參加了酒宴，大家歡天喜地的度過了一個胡漢聯歡的夜晚。

第二天一早，難樓退回上谷，開始張羅遷徙族人到遼西柳城一帶的事。高飛則派丘力居帶領一萬烏桓突騎兵回遼西陽樂，讓他轉告荀攸，安排烏桓人的住處，並且暫代新的昌黎郡太守，原來的太守烏力吉擔任昌黎縣縣令，統領原有部族的一切事宜，三個月後他會回到遼東，讓荀攸、賈詡、田豐、胡彧各自治理好自己所在的地方政務。

劉虞則是將烏桓人遷徙到遼西的消息公布出去，接著招納賢才，再次招兵買馬。

州牧府中，劉虞把政令寫好後，蓋上自己的州牧印章，然後交給鮮于輔，交代道：「將此政令分別派人送達上谷、代郡、涿郡、漁陽、右北平、遼西六郡，遼東、昌黎、樂浪三郡並未受到波及，就不用送去了。另外，你親自去一趟右北平，轉告公孫瓚，讓他好好招誘流散的百姓，不要再窮兵黷武了，好好發展農業。」

鮮于輔帶著政令離開大廳，出大廳門時，看見高飛正好走了進來。

「不知大人這麼急找我來，所為何事？」

「坐！」劉虞朗聲道：「如今幽州百廢待興，然代郡、涿郡、上谷、漁陽四郡並無漢軍駐守，我想請你派出一兩千騎兵去駐守四郡，直到四郡逐漸安定下來，不知道你意下如何？」

高飛點點頭道：「大人的吩咐就是命令，下官照做就是了，只是如果各郡沒有太守的話，饒是有兵駐守，也無法使得四郡恢復穩定啊，還請大人早日擬定各郡太守人選才是。」

劉虞想了想，道：「如今幽州剛剛遭受大亂，各郡太守也有不少殉國，一時間難以找到那麼多的人才。我的意思是，你部下的趙雲、張郃、太史慈可分別擔任三郡太守，另外一郡則由鮮于輔出任，等招攬到了人才，再去替換你的部下，

不知道你意下如何？」

高飛覺得這個提議對他沒有壞處，當即答應道：「嗯，下官沒有異議。」

「既然如此，那就請你去吩咐部下吧，順便各自帶著兵馬去駐守，就代郡、涿郡、上谷三地吧，你去傳令吧。」

「諾，大人，那遼西郡呢？遼西太守也戰死了，不知道大人有什麼合適的人選？」

劉虞面有難色道：「遼西是公孫瓚的家鄉，如果要找一個合適的人選，確實很難，我準備暫時交給公孫瓚去治理。」

「大人，下官有一個合適的人選，公孫瓚的部下劉備頗有大才，不如讓他出任遼西太守一職，劉備和公孫瓚是同窗好友，相信會能夠勝任這個職務，而且也不會和公孫瓚起什麼衝突。」

「劉備？何許人也？」

「乃下官一位舊友。」

「既然是你推舉的，那就姑且這樣吧，一會兒我會親自寫任命狀。」

「諾，下官告退。」

出了大廳，高飛臉上露出獰笑，心想：「劉備，你跑不出我的五指山，這一次我要玩死你！」

高飛將趙雲、張郃、太史慈叫到自己官邸，吩咐道：「今天叫你們來，是有一個很重要的事讓你們去做，我希望你們都能夠勝任這項任務，這件事對我們以後的發展，有著極大的作用。」

太史慈道：「主公，有什麼事情儘管吩咐，我們一定不會辜負主公的厚望。」

高飛道：「你們三個人從今天起，便各自帶領五千騎兵去上谷、代郡和涿郡，擔任三郡的太守……」

「太……太守？主公，這是怎麼回事？」張郃驚道。

「是這樣的，劉虞現在人手不夠，想讓你們三個去暫代太守一職，率兵駐守三郡，一方面可以招攬流散的百姓，一方面穩定局勢。等劉虞有了合適的人選後，你們就可以回來了。」高飛解釋道。

張郃聞言道：「原來是劉虞的主意啊，我還以為是主公讓我們去當太守呢，我不想去，我寧願跟隨在主公身邊。」

高飛聽張郃頗有微詞，緩緩道：「這也是我的意思，你們三個表面上是為了劉虞，實際上是為了我和你們以後著想。我要你們掌握當地的民情，同時摸清該

地的地理環境，不久的將來，等我控制了幽州，你們就會成為真正的太守了。」

趙雲拱手道：「屬下明白主公的意思了，屬下一定會好好掌握當地的民情，並且將主公的美德宣揚出去……」

高飛急忙道：「不！要宣揚劉虞的美德，以劉虞為主，我為輔，千萬別讓我的風頭蓋過了劉虞的，要做到讓三郡百姓都對劉虞歌功頌德才行。」

趙雲、張郃、太史慈三人面面相覷，不明白高飛的意思，異口同聲地道：「主公，這是為何？」

高飛笑道：「這你們就不用問了，總之，按照我說的去做就可以了，以後你們自然會知道我讓你們這樣做的好處了。」

趙雲三人不再有疑問，拱手道：「諾！」

高飛又道：「你們下午就出發吧，各自帶走五千騎兵，千萬不能胡來。子龍去上谷，子義涿郡，儁乂去代郡，我會時常去探望你們三人的，同時暗中留意各種人才，只要有才華的人都收攏過來，明白了嗎？」

「諾，屬下明白了！」三人答道。

幽州的叛亂被平定了，作為幽州的州牧，劉虞詳細地寫了一道長長的奏摺，在上表戰功的同時，還央求減免整個幽州兩年賦稅，並且列舉了一系列復興幽州的策略，向朝廷請求撥發錢糧，以用來招收難民。

奏摺派快馬送出去之後，劉虞開始著手處理整個幽州的政務，遼東、樂浪、昌黎三郡他沒有過問，從心裡上已經完全交給高飛去處理了。他現在要做的，就是招誘幽州逃難的流民歸來，同時選拔各級官吏，招攬人才，所以他很忙，每天和屬官一起待在州牧府裡處理來往公文。

相比之下，高飛則清閒多了，他親自送走趙雲、張郃、太史慈去上谷、代郡、涿郡上任，平時自己在薊城的校場裡訓練剩餘的五千騎兵。

這是一個晴天，和煦的陽光灑滿整個校場，偶爾吹來陣陣的微風，使人懶洋洋的浸沉在這春日裡。

已經是四月的天氣了，高飛和所有的士兵都脫去厚厚的冬衣，換上輕薄舒適的勁裝，集結在校場上。

高飛走上點將臺，用犀利的目光環視校場下五千嚴陣以待的士兵，心裡感到十分欣慰。

五千士兵裡，有漢人，也有烏桓人，穿著統一的漢軍服裝，左臂上還繫著繡著金色羽毛的臂章。一見到高飛走上點將臺，便高聲喊道：

「主公威武！主公威武……」

高飛抬用手示意，等到校場上鴉雀無聲之後，清了清嗓子道：「從今天起，你們所要擔任的任務，就單單是駐守城池而已。正所謂**國無防不立，民無兵不安，從今以後，不管是烏桓人還是漢人，都永遠是我的部下！**是我的部下，就要聽從我的號令，從此刻開始，進行刻苦的訓練。」

話音一落，烏桓人都面面相覷，對於從未接受過漢軍正式訓練的他們來說，有點懵懂，而且他們現在是站在平地，而不是騎在馬上，讓他們感覺像是少了兩條腿一樣。

點將臺下立刻引起一陣騷亂，一個二十多歲的烏桓人走了出來，他的手中握著一根長戟，朝點將臺上的高飛道：「啟稟主公，對我們烏桓人來說，狩獵就是最好的訓練方式，如果沒有戰馬的話，我們是無法進行狩獵的。」

高飛看了眼那個烏桓人，見那人濃眉大眼，單薄的衣服下面一身緊繃的肌肉，雙目炯炯有神，便問道：「你叫什麼名字？」

那人俐落的回答道：「啟稟主公，我叫蹋頓。」

高飛臉上一怔，想道：「原來他就是蹋頓，真是讓我感到意外。」

「你是丘力居的兒子？」高飛問道。

蹋頓點點頭道：「是的，我的父親正是丘力居。」

高飛道：「你原本是部族小帥吧？從今天起，你就擔任都尉一職，這五千兵馬就由你統領。」

蹋頓歡喜地道：「多謝主公厚愛。」

高飛道：「隊伍裡還有幾個原本就是小帥的，全都站出來，我會做出合理的任命的。」

話音一落，便見一個身體相對瘦弱的的少年走了出來，看那少年的年紀不過十二三歲，當即問道：「你叫什麼名字？」

那少年怯生生的答道：「回……主公話，我……我叫樓班，我的父親也……也是丘力居。」

高飛哈哈一笑，心道：「丘力居被我派回遼西，居然留下兩個兒子在這裡，樓班還是個半大的孩子，略顯膽怯也很正常，蹋頓看起來為人穩健而且頗有武略，應該可以作為領軍的人物。」

「樓班，你今後就跟在我的身邊吧。」高飛鑒於樓班和蹋頓兩種截然不同的性格，做出決定道。

樓班先是吃了一驚，趕緊答道：「諾！屬下遵命！」

高飛接著道：「你們烏桓人的訓練方式我很清楚，正因為如此，才要讓你們接受正規的訓練。我要讓你們在沒有戰馬的情況下，加強你們的體力，以及和同伴之間的協調能力。**戰鬥不是一個人的，而是一群人的**，勇猛的勇士雖然會給身邊的人營造出極大的士氣，但是同樣的道理，**一旦最勇猛的那個人倒下去，你們就會陷入群龍無首的狀態，這是你們烏桓人的優點，也是缺點**。所以，**我要糾正這個缺點，讓你們在沒有人指揮的情形下也能冷靜地面對戰鬥，這就是所謂的軍團力量**。」

他看烏桓人露出一臉茫然的表情，繼續道：「所謂的軍團，就是整體的戰鬥力，一個人倒下去了，一千個人還在繼續戰鬥，不管對手有多強，有多勇猛，當那個最勇猛的人面對一千個有同樣戰鬥能力的人時，我堅信與整個軍團為敵的人總會被殺死的，你們……懂了嗎？」

點將臺下，所有的烏桓人都搖搖頭。

蹋頓當即拱手問道：「主公，能不能說得簡單一點？」

高飛想了想，靈機一動，道：「你們都是生活在草原上的，也都喜歡狩獵，那你們一定見到過一群狼和一頭虎打鬥的場面吧？老虎是森林之王，是百獸中最厲害的一個，但是**當一頭老虎碰上一群饑餓的野狼時，你們說，是一群狼把老虎**

殺死，還是老虎把一群狼殺死呢？」

蹋頓當即答道：「我見過，是一群狼把一頭老虎給咬死，狩獵的時候經常會看到這種情形。」

高飛聽其他烏桓人也隨聲附和，嘿嘿一笑，道：「這就對了，我希望你們就如同狼一樣，當然不是一隻，而是一群，一隻狼或許會被老虎殺死，可是當一群狼圍住一頭老虎之後，那麼老虎就會被一群狼殺死。這種淺顯的道理，就如同我剛才對你們說的軍團戰鬥一樣。**你們以前的戰鬥總會依靠一頭老虎，可今後，我要讓你們變成一群會戰鬥的狼，這就是團隊精神**，也是你們訓練的重點，只有這樣，你們才是真正意義上的勇士。這回你們明白了嗎？」

草原上的人向來崇拜狼，他們認為自己是狼的後代，在場的烏桓人聽了高飛的這番解釋，立刻明白了，紛紛舉著手中的武器，大聲喊道：「我們是最強的，我們願意接受訓練。」

高飛便將訓練飛羽軍的模式搬了過來，讓漢人協助烏桓人進行體能訓練，為以後培養互相間的默契。不僅如此，他還命人將此方法送給趙雲、張郃、太史慈，以及在遼西的丘力居、烏力登等人，讓他們在這段時間內加強對烏桓人的訓練。

時光荏苒，如白駒過隙，轉眼便過去了一個月。

在這一個月裡，幽州的局勢逐漸穩定下來，在劉虞的用心治理之下，原本流散的幽州百姓逐漸回到幽州境內，而北方的鮮卑人得知劉虞出鎮幽州之後，各部族也紛紛派遣使者前來表示友好。

高飛坐在校場的點將臺上，身邊放著一壺茶水，年少的樓班脫去了漢軍的服裝，穿著他那具有民族特色的服裝，侍立在高飛身邊，不時替高飛倒滿空了的茶杯。

點將臺下的校場上，是揮汗如雨的士兵們，烏桓人也好，漢人也罷，經過一個月的一起訓練，都成了要好的戰友。

寬闊的校場已經變了形狀，偌大的場地上竟出現跳鞍馬、走平衡木、鐵絲網下的匍匐前進、翻越高牆等這一連串現代化的訓練方式。可是在這裡，沒有人會覺得奇怪。

高飛看得目不暇接，他剛看了眼摔跤，又將視線挪到那邊的射擊，緊接著又挪向跳鞍馬，臉上掛著笑容，

這些訓練的項目都是他想出來的，只為了讓士兵們訓練起來不枯燥，從最開

始的蛙跳、跑步，到現在各項運動，他在這個校場上灑下了不少的心血。

高飛端起茶水，咕嘟咕嘟的一口喝光，以緩解身上的熱氣，抬頭看了看天空中的驕陽，忍不住罵道：「這狗日的天氣，才五月而已，居然這麼熱了。」

身邊的樓班忙給高飛添茶倒水，附和道：「是啊主公，我還是頭一次見過這麼熱的天氣呢，今年有點反常。」

高飛抱怨道：「老天爺也不知道怎麼想的，已經一個多月沒有下雨了。樓班，你也坐下吧，別光頂著大太陽站在那裡。」

樓班「諾」了一聲，坐在高飛身後，靜靜地看著訓練場上赤裸著上身進行訓練的士兵。

他也想去和那些人一樣訓練，可是他的身體實在太瘦弱了，跑幾圈路就喘得不行，就連騎馬射箭他也不是很在行。

而他這種先天的缺陷，用現代的話來說，就是先天性心臟病，來自於他的母親，所以他從生下來就不是一個運動型的人，這在崇尚武力的烏桓人眼裡，自然成了另類。如果他不是丘力居的兒子，根本不會當上小帥。

他看著自己的哥哥蹋頓帶頭進行訓練，眼裡露出崇拜的神情，他也很想像蹋頓一樣，能夠顯現自己的勇力。

高飛看了看樓班，似乎察覺到他的沮喪，笑道：「樓班，記得我跟你說過，在軍隊裡有兩種人，一種是衝鋒陷陣型的，另外一種是運籌帷幄型的，你還記得吧？」

樓班點點頭道：「主公的話我時刻謹記在心，一點也不敢有所遺忘。」

高飛道：「很好，蹋頓就屬於衝鋒陷陣型的人，而你因為先天身體有缺陷，不能進行劇烈的運動，你就該朝運籌帷幄型的人去努力。經過這一個月的接觸，我發現你很聰明，如果你肯努力，以後或許會成為烏桓人當中第一個有才學的軍師型人才。

「烏桓人好勇鬥狠，缺少的不是勇士，而是一個懂得權衡本族利益的首領。你的父親丘力居雖然有勇略，可是他並不是真正意義的首領，依靠武力去迫使別人屈服，無法做到讓人真正的心服口服。你的父親希望振興烏桓，那就必須要有一個真正能領導全族的首領，我希望你以後能成為烏桓族的首領，這是我對你的期望。」

樓班聽了高飛的話，感動地道：「主公，你放心，我不會辜負主公對我的期望，一定會成為整個烏桓的首領。」

高飛聽後很滿意，一個月下來，他將烏桓的事情瞭解得十分透徹。也正因為如此，他需要培養一個一心一意跟隨他的烏桓人，並且想法設法將這個烏桓人拱上部族首領的大位，這也是為什麼他讓樓班跟隨在自己身邊的緣故。

點將臺上少許的安靜片刻之後，樓班看到一個身著戎裝的漢人朝這邊走了過來，他認識那個人，是劉虞的心腹鮮于銀，他便輕聲對高飛道：「主公，鮮于銀來了。」

便見一個瘦長的身影向點將臺走了過來，臉也是瘦長的，眉心之間有一顆如同黃豆般大小的瘊子。

高飛笑道：「鮮于將軍，你不是在負責招兵嗎？怎麼有空來校場啊？」

鮮于銀是鮮于輔的弟弟，同樣是劉虞的心腹，鮮于輔出任漁陽太守時，鮮于銀剛好從京師趕了過來，帶著劉虞兒子劉和的信件。那時劉虞正是用人之際，便讓鮮于銀留在薊城，負責招兵買馬和招賢納士的事。

他客氣地道：「高將軍，我是奉了我家主公之命，來請高將軍過府一敘的，打擾高將軍練兵，還請多多包涵。」

高飛道：「鮮于將軍不必客氣，何況我在不在這裡都無所謂，他們會像往常一樣訓練的，正好我也要走了，所以，算不上打擾。不知道大人喚我何事？」

鮮于銀道：「這個我也不知道，主公只說請高將軍過府一敘，其他的並未

談及。」

高飛對身後的樓班道：「你去告訴蹋頓，讓他帶士兵休息休息，然後你就回去寫字，將我這些天教會你的字都好好的寫上一遍，我回來後會檢查。」

樓班「諾」了一聲，收拾起地上的茶杯和茶壺，走下了點將臺。

高飛朝鮮于銀拱手道：「鮮于將軍，我們走吧。」

鮮于銀不禁問道：「高將軍，我總見你帶著這個烏桓人在身邊，還教他讀書寫字，你怎麼對一個烏桓人如此的好？他到底是什麼人？」

高飛笑道：「哦，他是丘力居的小兒子，叫樓班。我見他身體瘦弱，無法承受那麼大的訓練強度，而且人很聰明好學，便教他讀書寫字，希望能夠接受一下我們漢人的薰陶，讓他逐漸融合到我們漢人裡面去，以後也可以同化他的族人，這樣一來，烏桓以後就不會再反叛了。」

鮮于銀感嘆道：「沒想到高將軍在百忙中還能想到如此好的主意，真是我輩的楷模啊。」

高飛聽到鮮于銀的讚賞，只是輕輕一笑而已。

兩人一起來到州牧府，此時的州牧府已經和一個月前無法比擬了，州牧府裡整天人來人往，多是一些文人和當地富紳子弟，也有豪門世家，總之比起一個月

高飛聽了道：「沒想到董卓還是進京了，短短的半月功夫，消息傳遞得怎麼會如此之快？**何進一殺死董太后和皇子協，董卓那邊便舉兵了，這其中必定有什麼蹊蹺。**」

「現在也管不了那麼多了，這是曹孟德和袁本初聯合發布的討董檄文，號召天下群雄會盟陳留，一起討伐董卓。」劉虞當即拿出一份檄文，交給高飛。

高飛匆匆流覽了一遍之後，見上面大多是聲討董卓的不是，心中暗暗想道：「狗日的董卓，老子誅殺十常侍，順帶著將漢靈帝也殺了，本以為會扭轉歷史的進程，沒想到董卓還是進京了，差異只是進京的方式不同而已。」

劉虞接著道：「子羽，我這次叫你來，就是準備帶著所有幽州兵馬一起去討伐董卓，我已經派人通知公孫瓚了，你現在就調集部下所有兵馬，半個月內抵達薊城。」

高飛雖然對討伐董卓沒有什麼意見，可是讓他將全部的兵力用在討伐董卓上，他絕對不會同意，便對劉虞道：

「大人，請冷靜思考一下，如果我們將幽州的兵馬全部用來討伐董卓，那麼將幽州成千上萬的百姓放在何處？幽州是大漢的邊疆，一旦駐守幽州的軍隊不在了，那外族還不趁勢南下，禍害幽州百姓嗎？」

劉虞猛然驚醒，他是漢室宗親，心繫漢室比什麼都重要，如今見到天子蒙塵，被豺狼一般的人物控制在手中，自然焦急不已，因而一時衝動下才會說出上面的話。

他定了定神，道：「是我太衝動了，子羽，以你之見，我該如何做？」

高飛分析道：「董卓將大權掌控手中，視天下豪傑如無物，作為大漢的臣子，理應回應聲討董卓的檄文，起兵討董。但是幽州的情況特殊，屬於北部邊疆，就算大人執意要去討董，也必須在保證幽州安全的基礎上出兵。下官以為，大人只需帶領一萬人去陳留會盟即可，其餘的兵馬留守在幽州，駐守長城一帶。」

劉虞遲疑道：「只帶一萬是不是太少了，董卓可是有二十萬涼州兵啊！」

高飛笑道：「一萬足矣。天下群雄勢必會帶義兵會盟陳留，一人帶一萬，彙聚起來，那就是幾十萬的兵馬了。大人也不想因為討董而丟了幽州吧？」

劉虞想了想道：「好，那我就帶一萬人馬去陳留會盟，至於幽州這裡，就交給你來了。」

高飛自告奮勇道：「大人，下官和大人一起去，幽州這裡，下官會在半月內調集兵馬駐守長城要塞的。」

劉虞點頭道：「好吧，有你在身邊，我也有個商量的人。你這就去下達命令吧！」

「諾！」高飛抱拳道。

從州牧府裡出來後，高飛一直對一件事感到不解，那就是董卓起兵為何如此迅速，而且糾集起二十萬兵馬，不費上半個月到一個月的時間，絕對不可能成功。

雖然說左豐在朝廷裡給董卓當眼線，可是在這個沒有網路和任何現代化通訊設備的時代，就算左豐提前一兩天得到什麼風吹草動的消息，也不可能給董卓打電話或者傳送視頻之類的。這也意味著，**董卓是提前知道了何進要殺董太后和劉協的消息，所以提前準備好二十萬兵馬，在涼州邊境枕戈待旦，一旦到了那個重要的時刻，便立刻舉兵。**

從後來袁紹殺何進，下令董卓退兵的消息來看，**潛伏在暗處秘密操控整個事件的人，應該就是袁紹。**

高飛做了一個大膽的設想，**袁紹和董卓串通在一起，密謀除去何進。**他認為這是最合理的解釋，袁紹是何進的心腹，甚至能夠左右何進的想法，這樣一個人

物一旦和董卓暗中串通，可以不費吹灰之力便將何進除去。

情況也正如高飛所猜想的那樣：**袁紹利用董卓，可是低估了董卓這個人，以為董卓是自己手裡的一枚棋子，卻沒想到董卓同樣將袁紹當作一枚棋子**，為了掌控大漢的權柄，董卓不惜和袁紹翻臉，反咬袁紹和何進同謀，繼續以清君側的口號進軍洛陽。

一路上仔細地回想起自己的猜測，高飛覺得這一定是事情的真相。

回到官邸，高飛立刻叫來蹋頓、劉放、孫禮、徐邈四人，吩咐道：

「如今天下陷入大亂，董卓帶著二十萬涼州兵進京，現在可謂是非常時期。蹋頓，你速速去上谷接替趙雲，帶領上谷的五千兵馬駐守長城一帶。劉放，你去代郡通知張郃，讓他帶兵駐守各個長城要塞，同時留在那裡協助張郃守禦代郡。徐邈，你去涿郡，讓太史慈將五千兵馬全部帶回薊城，由你留在涿郡，代替太史慈當太守。」

「諾！」蹋頓、徐邈、劉放一起答道。

孫禮見自己沒有任務，便問道：「主公，那我呢？」

「你快馬加鞭去昌黎郡，讓丘力居為昌黎太守，讓他選出五萬精壯的烏桓突騎兵，朝上谷、代郡派出五千騎，聽從張郃的調遣，讓烏力登率一萬騎兵協助鮮于輔守好漁陽。另外，讓難樓到上谷，和蹋頓共同鎮守上谷，上谷那裡他比較熟悉，再讓丘力居派出三萬騎駐紮瀋陽，由龐德代替賈詡鎮守瀋陽，你協助龐德留在瀋陽，同時讓荀攸、賈詡、華雄三人半月內趕到薊城。這一兩個月一直沒有下雨，你走濱海道去昌黎，同時讓人轉告田豐、胡彧守好遼東和樂浪郡。此去昌黎路途遙遠，你剛回來又讓你奔波，實在是辛苦你了，你現在就出發吧。」高飛拍拍孫禮的肩膀，語重心長地道。

孫禮感到自己肩膀上的擔子很重，要跑那麼遠，做那麼多的事，可是他十分興奮，當即抱拳道：「主公放心，屬下換馬不換人，爭取在短時間內抵達昌黎。」

高飛點點頭：「好了，你們都快點去照辦吧。」

話音一落，蹋頓、徐邈、劉放、孫禮四個人立刻離開高飛的官邸，各自去傳達高飛的命令去了。

此時，樓班走了過來，他聽到高飛交代的話，感受到高飛的焦急，勸慰道：「主公，從薊城到各郡，最快也要一天時間，主公還是別太過焦急，臉上的汗水都滲出來了。」

高飛衝樓班笑了笑，道：「看來我沒有白教你，居然會心疼人了。半個月後，我就會和州牧大人一起去陳留了，你就留在這裡好好的讀書寫字，不明白的

地方，就去問城裡的教書先生，請教他們，這叫做……」

「不恥下問。」樓班接話道。

高飛笑道：「很好，學以致用，你果然聰明，再過幾年，等你父親老了，我就讓你去擔任烏桓人的單于，好好用你所學的治理烏桓百姓。」

樓班遲疑道：「單于向來是強者居之，我大哥蹋頓頗有武略，恐怕其他人不會選我做單于的。」

高飛搖搖頭，道：「你是丘力居正室所生，蹋頓雖然是長子，可他始終不是嫡子，再說，我也會盡一切努力幫助你登上單于之位，蹋頓以後就會跟在我的軍中，我不會再讓他回烏桓了。現在烏桓已經合併，你的父親也登上了單于之位，又是昌黎郡的太守，鷹烈將軍，你要好好努力，以後他的位置，就是你的了。」

樓班感激地道：「多謝主公，我一定會盡最大的努力好好學的，以不辜負主公對我的一片期望。」

高飛滿意地道：「明白就好，去吧，我要去城中視察一下。」

「諾！」

第七章 人中呂布

「哈哈哈！」馬上的騎士朝高飛拱手道：「久聞高將軍大名，某並州五原人，姓呂，名布，字奉先，乃並州刺史丁原帳下主簿，見過高將軍！」

「呂布！」高飛的眼睛差點沒掉出來，沒想到名聞遐邇的呂布居然站在他的面前。

兩天後，公孫瓚帶領四千白馬義從、六千精銳步兵來到薊城，和高飛、劉虞照了一面，便帶著部隊先行離開幽州，去陳留了。

第三天，趙雲單馬來到薊城，太史慈也帶領著五千騎兵回到了薊城，高飛親自迎接，便讓他們和自己留在薊城的兵馬合兵一處，讓趙雲、太史慈各自統帥五千騎兵，進行必要的訓練。

又過兩天，劉備帶著關羽、張飛、田豫、簡雍和兩千兵馬來到薊城。劉虞親自接見了劉備，並且讓高飛作陪。

酒宴上，劉虞雙手執杯，高舉道：「遼西經過烏桓人的叛亂，人口下降了不少，加上原有遼西的土地已經分割為昌黎郡，所以遼西算是地狹民少，玄德上任以來，真是辛苦你了。」

劉備還沒回答，便聽張飛大大咧咧地道：「那鳥不拉屎的地方，刁民還真不少，讓俺這個遼西長史管理起來不辛苦才怪！」

「三弟！」劉備輕聲斥道：「使君面前不得無禮！」

張飛喝了一口悶酒，便不再說話了。

劉虞聽了，哈哈大笑，問道：「玄德，這位壯士是誰啊？」

劉備急忙賠禮道：「讓使君見笑了，這是在下的結拜兄弟，姓張名飛，字翼德。」

劉虞打量了下張飛，見張飛豹頭環眼，一臉虬髯，雙眼炯炯有神，寬闊的胸膛上露出些許胸毛，讚道：「玄德有此義弟，確實是一種福分啊。」

高飛看了眼滿不在乎，自顧喝酒的張飛，又看了眼張飛身旁穩坐泰山的關羽，對劉虞獻策道：

「大人，張翼德是個萬人敵，坐在他身邊的是關羽，字雲長，在功夫上和張翼德不分伯仲，都是十分難得的人才。如今大人去陳留會盟，帳下少不了這樣的人才，不如就讓他們二人侍立在大人身邊，在天下群雄面前，也好展示一下我們幽州兵的勇猛。」

劉虞聽了，十分心動，可是隨即又搖搖頭道：「子羽啊，老夫雖然是個愛才之人，可是也不能奪人之美啊。」

「大人多慮了，劉玄德現在是遼西太守，關羽是遼西主簿，張飛是遼西長史。大人身為幽州牧，又是朝廷大司馬，在幽州的所有官員自然就成了大人的部下了。劉關張雖然是義結金蘭的兄弟，正所謂天下沒有不散的筵席，兄弟也不一定非要整天待在一起，男兒大丈夫應當建功立業。大人將關羽、張飛二人留在身邊聽用，不也是給他們建立功動的機會嘛？我想，作為二人兄長的玄德，也一定

會希望自己的兄弟有一個好的前程的。」

高飛接著便扭頭問向劉備道：「玄德兄，你說我說的對不對？」

劉備城府頗深，聽到高飛意圖分開他和關羽、張飛，臉上沒有露出一點不悅之色，反而應承道：「高將軍說得極是，大人能把雲長、翼德二人留在身邊聽用，也是對他們的一種栽培，我這個做兄長的，自然不會加以阻攔。」

劉虞聽後，歡喜地道：「那真是太好了，老夫的身邊就是缺少這樣的猛將，雖然老夫已經有了子羽，但今日見到關、張二人之後，心裡亦是十分激動。董卓那廝出身涼州，頗有武略，要想殺死他，必須要有關羽、張飛這樣的猛將，更何況董卓帳下有許多涼州健將，諸侯會盟之時，正是群雄揚名天下的時候。玄德，我聽說你也是漢室宗親，不知道這傳聞是否屬實？」

劉備一聽這話當即來了精神，點點頭，抱拳道：「啟稟大人，在下乃漢景帝閣下玄孫，中山靖王之後，身上所流的確實是皇室的血統，只可惜家道中落，被迫販席賣履為生，幸得同宗劉德然資助，備才能和母親一起渡過那艱難的歲月……」

眾人見劉備說著說著便欲落淚，都為之感慨不已。只有高飛在心中嘀咕道：「這個劉備，當真很會演戲，我一定要玩死他！」

酒宴還在繼續，本來歡慶的酒宴瞬間變成了老劉家的認親會了，劉虞和劉備開始攀談起家譜來，幾經核對之後，劉虞居然是劉備的叔叔。很快叔侄倆便開始暢談起大漢的江山來，兩人你一言我一語的，說起對大漢的憂心，不知不覺便都落下了淚，到最後，叔侄兩個竟直接抱頭痛哭起來了。

在場的人除了高飛之外，其餘的人都感動地流下眼淚。弄得高飛也只好用手指沾點白開水朝臉上抹，裝裝樣子。

高飛看著劉備那痛快淋漓的表演，差點沒有把吃的東西吐出來，在他心裡，劉備是個做作的人，道貌岸然的。他曾經想過讓人去刺殺劉備，可是平時關羽、張飛總跟在劉備身邊，即使是他帳下的金牌暗殺高手趙雲去，也很難找到合適的機會下手，於是他只能借刀殺人，或者試圖分開劉備和關羽、張飛。

「大人，這裡是酒宴啊！」高飛走到劉虞身邊，小聲提醒道。

劉虞立刻明白過來，擦拭了一下眼淚，衝劉備笑了笑，然後繼續剛才的正題，對劉備道：「玄德賢侄，這次會盟，公孫瓚已經先行一步，我和子羽會隨後趕去，幽州不可無人照料，我想拜託你留守幽州，替我照料一下，我則帶著子羽和他的軍隊，以及關羽、張飛一起去陳留會盟，不知你意下如何？」

高飛一聽這話便來了精神，這是明擺著將劉關張拆散了，他心中打著如意算

盤，一旦劉備同意，他就派趙雲來暗殺劉備，最後再把責任推到鮮卑人身上便是。一想到這裡，他的心裡便湧上一陣熱血。

劉備思慮了一下，答道：「叔父的吩咐，侄兒理應照做，只是侄兒也憂心陛下，也想和叔父一起去陳留會盟，為討伐董卓盡一份責任。而且，侄兒聽說高將軍已經將幽州邊防布置的很好了，就算不留人照料，以高將軍治軍之嚴，他的部下也不會出任何紕漏的，所以侄兒只能拒絕叔父的一番好意了。」

高飛本來高興的心情頓時一落千丈，心道：「看來要殺劉備還得費上一番功夫才行……」

劉虞聽了道：「嗯，你說得也不錯，子羽已經安排妥當了，那我也就沒有必要去畫蛇添足了，這樣吧，玄德，你帶領你的部下隨同我們一起前往會盟，等子羽的部下全部到齊之後，我們就出發。」

劉備「諾」了聲，朝劉虞拱了拱手。

又過了一會兒，筵席便散了，劉備帶著關羽、張飛、田豫、簡雍一起離開了州牧府，高飛則扶著酒醉的劉虞朝後堂走去。

「子羽啊，你覺得玄德這個人怎麼樣？」劉虞一邊歪歪晃晃的走著，一邊問道。

高飛不知道劉虞突然發出此問是什麼意思，小心地答道：「我和玄德不過有數面之緣，不太瞭解。」

劉虞笑道：「子羽欺我！」

高飛趕忙道：「下官就算有十個膽子，也不敢欺騙大人啊，還請大人明察。」

劉虞道：「你不必那麼緊張，我沒有責備你的意思。我雖然認了玄德為侄，但是我一生閱人無數，玄德喜怒皆不形於色，剛才在酒宴上，我仔細觀察了一番，此人城府極深。關羽、張飛是他的義弟，我聽說他們三兄弟吃睡都在一起，幾乎是形影不離，而且從關羽、張飛的身上看來，他們兩個也對玄德有著深厚的感情。當我向玄德索要關羽、張飛時，關張臉上都出現了難色，反觀玄德卻平靜如水，**這種人讓人琢磨不透，而這種人往往是有極大的雄心之人。**」

「大人分析得極是。」高飛佩服道。

劉虞又道：「子羽啊，玄德和公孫瓚走得很近，公孫瓚向來對我頗有微詞，我擔心他是公孫瓚派來安插在我身邊的人，以後你要多多留意一下。關張二人既然都是萬人敵，那就更加要留意了，這事只有天知地知，你知我知，明白了嗎？」

高飛「諾」了聲，心中卻道：「看來劉虞還知道提防人，**不過你提防錯了，真正對你有威脅的人是我！**如果不是為了利用你的話，我早就把你一腳踹開了。」

之後的幾天時間裡，一切都按部就班，劉虞在積極準備出兵的糧草。這次劉虞自己帶領一萬新招募的步兵，和高飛的一萬騎兵、劉備的兩千步兵一起去會盟，他至少要準備半年的糧草，因為他自己都不確定這場仗要打多久，又能否順利地將董卓驅逐出去。

七月初六，天熱得發了狂。太陽一出來，地上已像著了火。街上的柳樹像病了似的，葉子在枝上打著捲，枝條也無精打采的低垂著。

地面騰起層層的熱浪，燙著行人的臉，整個薊城像燒透的磚窯，狗趴在地上吐出舌頭，騾馬的鼻孔張得特別大，小販們不敢吆喝，甚至鋪戶門前的銅牌也好像要被曬融化了。

已經差不多三個月沒下過一滴雨了，大地開始出現不同程度的龜裂，幸好農忙時節已經過了，麥子在六月的時候便收割了，農民們都在翹首以待，期盼著老天爺下場大雨，緩解一下地面的熱度。有的地方甚至拜起了龍王爺，祭祀龍王，祈求下雨。

這天，賈詡、荀攸、華雄抵達薊城，三人一路風塵僕僕，身上早已濕透，一路上烈日曝曬，讓三人顯得比以前黑了許多。

薊城的東門口，高飛每天都會來等上一會兒，今天他終於把三人等到了，看著他們因缺水而乾裂的嘴唇，當即讓人送上了涼水。

三人也不客氣，向高飛行禮之後，各自接過水，咕嘟咕嘟的喝了個痛快。

喝完，華雄最先發話：「真痛快，臨近薊城的這段路，兩旁的河水都乾涸了，可真是渴死我們了，還好今天趕到了，要是再趕不到的話，估計主公就見不到我們了。」

賈詡、荀攸都呵呵地笑了起來。

高飛笑罵道：「得了，別貧嘴了，你們遲了一天，本來要責罰你們的，看在你們一路辛苦的份上就暫且算了。薊城裡兩萬大軍在等著你們呢，看你們的面子大不大！」

賈詡報告道：「主公，我們來的時候，在濱海道出了點意外，屬下的坐騎倒地不起，無奈之下，屬下只能和公達同乘一匹馬，直到進入右北平之後，才花錢重新換了三匹馬，我們都不敢停留，馬不停蹄的跑了過來，沒想到還是遲了一天。」

「算了算了，來了就行，反正會盟的時間還有二十多天呢，從薊城到陳留，這二十多天夠用了。你們都跟我來，子龍、子義和你們好久沒見了，我們今天好好的慶祝一番，明天正式啟程。」高飛道。

荀攸問道：「主公這麼急叫我們來，到底發生了什麼事，為什麼要會盟？」

高飛當即對賈詡幾人說起董卓進京的事。

賈詡聞言道：「主公，我聽說董卓有個女婿叫李儒的，是個智多星，董卓能夠順利進京，八成是他在背後出謀劃策。如今董卓糾結了二十萬的軍隊，我想其中一定有不少羌胡，看來陳留會盟之後，必然會有一場大戰。」

高飛道：「我也早就預料到了，所以我才讓你們趕來，帶去的全部是精兵強將，一定要將董卓趕回隴西老家去。」

賈詡、荀攸聽了，都不約而同的笑了出來，只有華雄臉上帶著複雜的表情。

高飛看出華雄的心思，道：「董卓是你的故主，如果你對他下不了手的話，那就讓趙雲和太史慈擔任先鋒吧，你留在軍中壓陣即可。」

華雄道：「主公，屬下絕無此意，只是有點意外，沒想到董卓在沒有主公幫助的情況下，還是進京了。」

高飛道：「或許我們都低估了他的實力，到了，我們進去吧，子龍、子義還在裡面等著呢。」

「諾！」

漢曆，中平三年。

繼位的皇帝劉辯一直沒有自己獨立的年號，整個大漢繼續沿用漢靈帝的年號。高飛殺死劉宏也不過才一年半而已，他甚至還沒有來得及控制住整個幽州，大漢的江山就已經風雨飄搖了。

七月初七。

這天本該是牛郎會織女的時間，也是歌頌和讚美愛情的時候，普通百姓中的善男信女們都會在這一天出來尋找自己的歸宿，然後經過媒妁之言，父母之命，就可以選個黃道吉日成親了。

就在這一天，薊城的城門外，聚集了兩萬兩千名幽州兵馬，高飛率領著他的一萬精銳騎兵，鮮于輔率領劉虞的一萬步兵，劉備率領他的兩千步兵，在幽州牧劉虞的帶領下，浩浩蕩蕩的向南開去。

高飛的騎兵分散在前鋒和兩翼的位置，一方面負責在前面開道，另一方面負責保護他和劉虞的安全。劉虞將所有的步兵安排在後面，分別讓鮮于輔、劉備率

領，同時負責用騾馬拉著足夠半年食用的糧草輜重。

大軍徐徐向南進發，頂著當空的驕陽，在烈日下行走。

連續兩個多月沒有下雨，道路兩旁的水溝都被蒸發的一滴水不剩，沿途所經過的河流，水位也明顯的下降，輕易便能看見河床。

兩萬多將士汗流涔涔，脣乾舌燥，在這種情況下，大軍不得不走走停停，避開一天中最熱的時間，每經過一處河流，總是會先蓄積起水來。

高飛也是一頭大汗，雖然坐在樹蔭下，可總覺得頭頂上直接放著一個太陽在烘烤，熱得他頭皮發麻，心煩氣躁。

他扭頭看了下身邊的劉虞，臉上滲出來的汗水順著他那花白的鬍鬚向下滴淌，剛落到地上，只一瞬間便乾涸了。

他朝劉虞拱拱手道：「大人，天氣如此炎熱，再這樣走下去，恐怕會有許多人中暑的。」

劉虞擦拭著臉上的汗水，嘆了口氣道：「老夫有生以來從未遇到過如此炎熱的天氣，從五月份開始，天氣就一直這麼熱了，到現在一滴雨也沒有下過，看來今年是個大旱之年。**如此不尋常的天氣，難道也印證了大漢的劫數嗎？**」

高飛道：「天有異象，不管是不是大漢的劫數，我們作為大漢的臣子，都要為大漢出一份力。下官以為，從這裡到陳留不算太遠，不如讓士兵白天休息，晚上行走，也可以避開酷暑的炎熱。」

劉虞點點頭道：「也只有如此了，你去通知全軍吧，讓所有的士兵解下戰甲，輕裝行軍，白天休息，夜晚行軍。」

大軍按照命令，士兵卸掉的戰甲都放在輜重車上，白天在草木茂盛靠近水域的地帶休息，一到夜晚便啟程行軍，如此差不多七八天的時間，一行人渡過黃河，進入到陳留地界。

一進入陳留，所有的人都感到一陣輕鬆，路上還遇到從冀州趕來的兵馬，於是劉虞便和冀州刺史韓馥合兵一處，共同派出使者到陳留，提前給在坐鎮陳留的曹操、袁紹送個信。

七月十九，幽州和冀州的聯軍共計五萬馬步軍，終於在平明時分抵達了陳留，袁紹、曹操親自帶著親隨到鳴雁亭相迎。

鳴雁亭中，袁紹、曹操、劉虞、韓馥、高飛歡聚一堂，大家都是同朝為官的人，在京師混跡時都是抬頭不見低頭見的，就算彼此之間有什麼隔閡，此時都是本著討伐董卓的決心來的，自然而然就將那些舊事遮掩了過去。

鳴雁亭附近數萬兵馬排起了長長的人龍，刀槍林立，旌旗飄展，卻讓人感受

不到一點軍隊的威武氣息，所有的人都被炎熱的天氣弄得垂頭喪氣的，而且疲憊不堪，因而眾人只是簡單的寒暄幾句而已。

曹操是會盟的發起人之一，又是兗州的州刺史，作為領地的主人，自當會妥善安排好一切，當即拱手道：

「我已經讓人給諸位準備好軍營，就在城西五里處，如今天氣炎熱，諸位遠道而來，一路上舟車勞頓，離會盟之日尚有幾天時間，就請諸位在這幾天裡好好休息。諸位，這裡離軍營尚有幾里路，請隨我來吧！」

眾人便帶著各自的兵馬，跟在曹操和袁紹的後面，一起向陳留城外的軍營而去。

高飛和曹操雖然闊別已久，可是如今兩人都算是一方霸主，心裡都清楚的跟明鏡似的，**對兩個都具有野心的人來說，他們無需太多的語言，便將對方視為以後爭霸天下的最強勁對手了。**

曹操此時已經今非昔比，獨自占據了兗州全境，和當初在朝中處處小心謹慎、鼓吹自己對大漢忠心的官吏不同了，如今的他是以一方霸主的姿態來對待每一個前來會盟的人。

同時，高飛還注意到，曹操的身邊跟著一個孔武有力的大漢，他不禁對那大漢留了一份心思，他可以肯定，跟在曹操身邊的那個人應該是重量級的猛將。

「孟德兄，我見你身邊那位壯士氣勢不凡，不知道姓甚名誰？」

「某乃陳留己吾人，姓典名韋，見過高將軍！」

那大漢一聽到高飛問話，虎軀一震，向高飛拱了拱手，聲音如雷一般說出了自己的姓名，之後又發出一聲低吼。

好在高飛早有心理準備，不然的話，典韋突如其來的一聲猛喝肯定能將他嚇一跳。

曹操已經習慣典韋的脾氣，衝高飛笑道：「子羽老弟，典韋不太懂人情世故，常常語出驚人，還請你不要見怪。」

高飛客氣地道：「孟德兄能有如此猛將在身邊，當真讓人羨煞不已，可惜我沒有孟德兄的這種福分……唉！」

曹操道：「子羽老弟，你帳下趙雲、華雄等輩也非尋常之人，說起福氣來，你可要比我多得多了。」

高飛笑而不答，打量著典韋。

典韋身上罩著一件寬鬆的短衣，劍眉虛張，面黃黑鬚，一雙大眼裡射出如猛虎一般的眼神，加上一臉的凶相，還真能讓一般人見了先有三分畏懼，那份壓倒

一切的氣勢，不用看身手，便可以讓他自動躋身到一流高手之列。

高飛在心裡默默讚道：「真不愧有『**古之惡來**』之名……」

向前走沒有幾里，高飛便看見十分壯觀的一幕，在離陳留城還有五里的地方，一座座大大小小的營寨，如琳琅滿目的商品一般呈現在他的眼前，各個字樣的旗幟迎風飄揚，旗幟上繡著什麼刺史、太守、將軍、校尉之類的官職，嘈雜的聲音同時傳進他的耳裡。

袁紹走在最前頭，畢竟他是當朝太尉，和劉虞的大司馬虛銜比起來，他可是實打實的，而且從洛陽敗逃的時候，還帶著一萬多北軍的將士，加上後來聚散收攏的舊部，湊在一起足足有三萬多人。

他當先勒住馬匹，指著官道北側的三座大營道：「前來會盟的軍隊實在太多了，以至於從陳留城到這裡都住滿了人，這些天姑且就委屈幾位大人在距離城池較遠的地方休息了。」

劉虞和袁紹之間畢竟還有一絲私怨，雖然本著大義前來會盟，但是他並不過多的和袁紹接觸，只輕輕地「嗯」了聲，便沒有後文。

倒是韓馥比較熱情，怎麼說他也是袁氏的舊屬，當年在袁紹他叔叔袁槐手下當過幕僚，而且他的冀州刺史之位也是袁紹給舉薦的，當即朝袁紹拱拱手道：

「應該的應該的，太尉大人不必介懷。」

曹操道：「這些天還會有其他各地諸侯前來會盟，幾位大人就利用這幾天好好休息休息，等到會盟之日，還請各位大人到城中一敘。」

高飛笑道：「袁大人、曹將軍，你們只管去忙自己的事，我們會照顧好自己的。」

袁紹瞄了眼高飛，心中頗為不爽，顏良、文醜從幽州回來後，將幽州的情況一說，他的心裡對高飛便十分的忌憚。

他朝高飛冷冷道：「那我們就此告辭了，各位大人請多多保重。」

曹操也拱手道：「就此告辭。」

袁紹、曹操離開後，劉虞、高飛、韓馥也一分為三，各自朝已經分好的兵營開了進去。

劉備作為劉虞的部下，便跟著劉虞一起進了掛著「幽州牧」牌子的大營。高飛則帶著自己的騎兵進入掛著「遼東太守」牌子的大營，並且從劉虞那裡分來了糧草和輜重。

大軍魚貫入營，這些天大家都累壞了，一到大營，便按照各級單位分批進入營帳休息。

高飛雖然走了一夜的路程，卻睡不著，在巡視一番營地之後，將幾個部下叫到了中軍大帳。

大帳內，賈詡、荀攸、趙雲、太史慈、華雄五人齊聚一堂。

「都坐下吧！」高飛抬抬手道：「這次陳留會盟，天下豪傑半數以上都會前來，各個諸侯各帶本部兵馬，少則數千，多則上萬，一下子聚集在這小小的陳留城周圍，少說也有幾十萬的兵馬。這幾十萬的兵馬看似很強大，如果得不到統一有效的指揮，其實只是一盤散沙，加上各個諸侯間有的彼此還有嫌隙，這是這次會盟潛在的不穩定因素，能否一舉擊敗董卓的涼州兵，還是個未知之數。所以，我要你們在休息的同時，進行收集消息的工作，將董卓的戰鬥力打聽清楚一點，還要知道真正有討董決心的有幾個人，我軍則按兵不動，但是不得隨意惹出事端來，違令者斬立決。」

「諾！」眾人齊聲答道。

吩咐完畢，眾人便都離開大帳，各自回營休息。高飛自己也躺在大帳裡補眠。

也不知道睡了多久，一覺醒來時，已經是傍晚夕陽西下的時候了。

他見士兵們都還在熟睡，就沒有打擾他們，走出軍營，一個人漫無目的的在官道上走著。

便聽見從西北方傳來一陣急促的馬蹄聲。緊接著，幾名騎士從地平線上駛了出來，遠遠望去，彷彿是從太陽中跑出來一般。

「看來又是來會盟的，只是不知道是何處兵馬？」高飛心道。

馬蹄聲也離自己越來越近，他向路邊靠了靠，給這些騎士讓出一條道路。

不多久，馬蹄聲停了下來，一名騎士大聲喝道：「喂！這位兄弟，請問前面是陳留嗎？」

高飛點點頭：「嗯，前方便是陳留，沿著這條官道可以直達城裡。」

「沒想到陳留會盟聲勢會如此的大，不過在我看來，也不過是一群烏合之眾而已，未必是董賊西涼兵的對手。」為首一名騎士凝視了一下前面，淡淡地道。

「好大的口氣！」

高飛看到為首的騎士穿著一身勁裝，身高九尺，虎背熊腰，臂長手巨，古銅色的英俊臉龐棱角分明，有如刀削斧砍一般；兩條濃眉無半絲雜亂，如墨畫刀裁；挺直的鼻梁，緊閉的嘴脣，深邃的眼眸中是一雙似深情又似無情、似熱烈又似淡漠的眼神，銀光閃動，有如刀刃般鋒利。

憑心而論，這傢伙的長相很有味道，流露出一種說不出的氣質，縱使高飛也

未見過這種氣質。配合著高挺壯碩的雄軀，有一股無可抗拒的陽剛氣勢。

騎士注意到高飛在默默地看著他，他也打量了高飛一番，見高飛留著烏桓、鮮卑的髮型，膚色稍顯黝黑，冷峻的面孔上鑲嵌著一雙炙熱的雙眸，眸子裡散發出來的眼神似乎可以將人的一切看透。

這在他所見到的眾多外族人當中，還是頭一次遇到如此英武不凡的人，心中便已經有了三分喜歡，心中暗暗想道：「我自幼便和胡人接觸，有生以來所遇到的胡人英雄也不過如此，可是這個人卻比我所見的任何一個胡人英雄還要有氣勢，不知道是烏桓人還是鮮卑人？」

「請問……」目光短暫的交會後，高飛和那名騎士幾乎同時喊出了聲音。

「哈哈哈……」兩個人相視而笑，莫逆於心。

笑過，高飛率先道：「在下高飛，字子羽，未請教閣下大名？」

馬上的騎士愣了一下，帶著一絲驚詫，指著高飛道：「你……你果真是高飛？」

「行不更名坐不改姓，在下便是高飛！」

「哈哈哈！」馬上的騎士從馬背上跳了下來，朝高飛面前一站，拱手道：「久聞高將軍大名如雷貫耳，今日一見，實在是緣分。某並州五原人，姓呂，名布，字奉先，乃並州刺史丁原帳下主簿，見過高將軍！」

「**呂布！**」高飛的眼睛差點沒掉出來，沒想到名聞遐邇的呂布居然站在他的面前，實在太意外了，心想：「**呂布居然也跑來會盟？這個世界看來已經被我徹底改變了……**」

意外歸意外，可是對見過太多三國名人的高飛來說，他還是保持著冷靜，因為**他知道呂布也是狼子野心的人物，他絕對不會將呂布收為己用，比起尚有掌控餘地的劉備，呂布是個不折不扣的危險人物。**

不過，既然知道他現在不在董卓的陣營中，這麼一來就簡單多了，當即拱手道：「原來是呂大人，失敬失敬。」

呂布看到高飛的髮型是外族打扮，不解問道：「高將軍，我奉我家主公之命前來陳留會盟，不想剛到陳留，便遇到赫赫有名的高將軍，看來我應該收回剛才說的那句話，前來會盟的人中有高將軍在，那就不是一群烏合之眾了。可是讓呂某不解的是，為什麼高將軍的頭髮……」

高飛笑道：「哦，這個啊，說來話長，總之不是受了髡刑，而是為了平定幽州烏桓叛亂所做的一點犧牲罷了。」

呂布在並州時便聽聞高飛的名字，當時他以為高飛只是靠運氣罷了，可是今

日一見高飛本人，立刻打消之前的那種猜測。因為他看到高飛身上散發著一種異於常人的威武，讓人見了就很難忘卻。

同樣身為武人，他也羨慕高飛，居然能夠做到鎮北將軍的高位。他自認自己不比高飛差，可是卻只能在丁原手下為將。

他在心裡嘆了口氣，對身後的一個騎士道：「魏續、侯成，你們兩個回去告訴義父大人，讓義父大人屯兵在野王，不必渡河了，會盟的事，我會代替義父大人出席的。」

呂布背後兩員年輕小將應聲便調轉馬頭，策馬朝來時的路奔去。

高飛此時才注意到呂布背後的四名騎士，拱手問道：「呂兄身後的這兩位是……」

「哦，左邊的叫**高順**，右邊是**張遼**，都是我的部下，讓高將軍見笑了。高順、張遼，你們還不快拜見赫赫有名的鎮北將軍、遼東侯？」

呂布話音一落，但見高順、張遼兩人一起拱手道：「見過高將軍。」

「免禮！」高飛一邊說著話，一邊細細地打量了高順和張遼一番。

高順看上去有二十八九歲，身材魁梧，面色焦黃，卻寡言少語，一雙不大的眼睛裡透著一股精明。

張遼的年紀約莫十七八歲，一頭過肩長髮保養得光澤動人，臉型略顯瘦削，五官出奇的俊秀，高鼻薄唇，最特別的是那雙眼睛，眼角細而長，目光冷冽有神，搭配在一起，有種說不出的特別之處。總而言之，這是一個讓人一眼就忘不了的氣質帥哥。

打量完，高飛寒暄道：「呂兄有這兩位部下，真是令人羨慕啊。」

呂布也不客氣，道：「高將軍好眼力，我的部下都是經過精挑細選的，沒有高人一等的武力，我不會讓他們跟著我。此次會盟陳留，我並州軍一定要在天下群雄面前一展風采，**我要讓天下群雄看看，我呂布帶領的虎狼之師是何其的雄壯！**」

聽到呂布如此吹噓自己，高飛一點也不覺得意外，他相信呂布確實有這個實力，如果沒有意外，估計呂布會在這場討伐董卓的行動中占有舉足輕重的地位，因為呂布的武勇堪稱天下無雙，關羽、張飛、典韋、許褚之輩都不是他的對手，何況董卓那邊的華雄也被他挖了過來，能抵擋呂布幾個回合的人幾乎是沒有。

「既然如此，那還請呂兄快點進城吧，兗州刺史曹操、太尉袁紹都在城中恭迎各路諸侯大駕呢。」

呂布朝高飛拱拱手，道了聲「告辭」，便帶著高順、張遼快馬加鞭朝陳留城

而去。

高飛看著呂布遠去的背影，自語道：「看來這次會盟會是有史以來群雄最大的一次聚會，董卓沒有了華雄、呂布，只有一些西涼的兵馬，極可能會被迫退出洛陽。但是我也不能掉以輕心，**群雄畢至的場面勢必會充滿爾虞我詐、勾心鬥角的局面，我必須冷靜，取得幽州的關鍵，就在這次會盟裡了。**」

離會盟的日期越來越近，各路兵馬也在這最後幾天陸續趕了過來，荊州刺史劉表、長沙太守孫堅、揚州刺史劉繇，這三部離陳留較遠的人都趕到了現場。

除了孫堅帶著五千精兵到來之外，劉繇只帶了三千兵馬，劉表怕麻煩，直接將兵馬屯在南陽一帶，自己只帶了一百名親隨前來。另外，河內太守王匡、上黨太守張揚的兵馬都和並州刺史丁原的兵馬屯在了野王，王匡、張揚兩人只帶著少許親隨前來。

七月三十一。

離會盟還有一天的時候，所有回應討董檄文的群雄們都抵達了陳留，只有呂布代替丁原出席。一時間，陳留成為天下精兵的彙集地，陳留城方圓十里都駐紮著密密麻麻的人，光這次會盟的兵力，就高達三十五萬人左右，就這還是撇開了劉表在南陽的兵馬，以及丁原、王匡、張揚在野王的兵馬。

八月初一。

陳留城西十里外的鳴雁亭附近築起了一座高臺，高臺高三丈，寬六丈，四面都有階梯，在高臺的頂端平臺上，立著一尊巨鼎，巨鼎中燃燒著熊熊的火焰，四個角落裡都插滿了旌旗，各種各樣的旗幟在微風中擺動。

高臺下面，各路兵馬整齊的排列開來，四面八方將高臺圍定，靜待高臺上會盟儀式的舉行。

巨鼎的正前方，站著二十多個人，是這次前來會盟的各州刺史、各郡太守、各個領兵的將軍、校尉，每人手裡握著檀香，不分官爵名位，分成三排，在發起這次會盟的袁紹帶領下，一起焚香祭天。

早在昨天晚上，參加會盟的諸侯便齊聚一堂，共同推舉袁紹為這次會盟的盟主。之後，在曹操的建議下，以劉虞、袁術為副盟主，高飛、曹操為參軍，丁原為北路先鋒、劉表為南路先鋒、孫堅為中路先鋒，都得到了各路諸侯一致的認同。

袁紹此時身穿太尉朝服，腰中懸著佩劍，焚香完畢，便轉過身子，對眾人宣誓道：「漢室不幸，皇綱失統。賊臣董卓，乘釁縱害，禍加至尊，虐流百姓。今我等懼社稷淪喪，糾合義兵，並赴國難。凡我同盟，齊心戮力，以致臣節，必無

二志。有渝此盟，俾墜其命，無克遺育。皇天后土，祖宗明靈，實皆鑑之！」

話音一落，曹操便使人抱著酒罈子走了上來，將酒碗一一擺開，分別斟滿了烈酒。

袁紹當先走到那些烈酒面前，拔出腰中的佩劍，伸出左手拇指，狠狠地在劍刃上一劃，鮮血從手指中流淌出來，滴到了酒碗裡，高聲喊道：

「今日歃血為盟，凡參與此盟者，必須以誅殺董卓為己任，若違背此盟者，天下人可共同伐之而後快！」

其餘人紛紛效仿，輪到高飛時，高飛也在酒碗裡滴了兩滴血，心裡卻道：

「說的比唱的好聽，經過我這幾天的瞭解，前來會盟的諸侯無非是來湊熱鬧的，真正本著救國救民之心的人，簡直少之又少。就連我都存有私心，何況其他人呢？」

當所有的人都歃血為盟後，袁紹便和眾人一起端起酒碗，和眾人互相交換，彼此喝著不同人的血酒。

高飛也不知道自己端起的是誰的酒碗，他把酒碗端到嘴邊，看眾人喝了一口之後便將剩餘的酒連同酒碗一起摔在地上，他連嘗都沒嘗，直接將碗摔在地上。

一陣劈裡啪啦的聲音過後，隨著袁紹一聲「出兵」的高喊，在場的人都一起

快步走出了大殿。

他只覺得背脊上有兩道森寒的目光盯著他，十分難受，直待走出合歡殿，這才放下心來，長出了一口氣，心中想道：「伴君如伴虎，跟隨在董卓這樣的人身邊，我必須事事小心才行。但願這次能夠瓦解關東聯軍，如此一來，我就很快能夠成為開國功臣了。董卓沒有兒子，百年之後，這皇位還不是我的嗎！」

帶著自己的如意算盤，李儒出了皇宮，點齊兵馬，帶著李傕、郭汜二人和五萬馬步軍，疾速向汜水關而去。

第八章
少年孫策

那男孩是孫堅的長子，叫孫策，字伯符，今年剛好十二歲。年歲雖小，可是身體發育的卻十分良好，而且從小在孫堅的教導下習武，已經到了弓馬嫻熟的地步，加上他天生神力，是孫堅最為喜愛的兒子，這次特意將他帶了過來。

與此同時的陳留，二十多萬聯軍已經在孫堅走後的一天陸續出發了，如今陳留城裡只剩下不足十萬人。

陳留太守府中，袁紹、劉虞、袁術、曹操、韓馥、高飛、張邈共聚一堂。

曹操當先道：「如今我軍雖然分兵三路而進，但是南路軍和北路軍相對薄弱，董賊勢大，西涼兵更是天下驍勇，我軍多步兵，董賊多騎兵，聯軍雖然有四十萬之眾，但能否一舉擊敗董賊，尚且是個未知之數。

「劉表和孔伷雖然屯兵潁川，但是前有牛輔把守軒轅關、大谷關、伊闕關，尚有伊水阻隔，要突破三關一水進入洛陽，十分困難。所以，煩請袁公路率部蒞臨南陽，進攻武關，突破武關之後，便可一舉進入三輔，擾亂董賊的後方，然後據守潼關，切斷董賊西歸之路。不知道公路以為如何？」

袁術捋了捋小鬍子，白皙的臉龐露出奸詐的笑容，問道：「孟德的安排確實不錯，但是請問孟德，我遠赴三輔作戰，手下只有兩萬兵馬，如果據守潼關的話，確實能阻斷董賊西歸之路，但也使我陷入了董賊兵馬前後夾擊的地步，而且糧草何人供給？你這不是要讓我身陷險境當中嗎？要去你去，我不去！」

袁術的話使在座眾人都頗為震驚，沒想到袁術會公然說出如此自私自利的話，只想到他自己，不顧大局，讓曹操、劉虞、張邈、韓馥都大大地吃了一驚。

倒是袁術同父異母的老哥袁紹，以及高飛，一點都不感到驚訝，他們一個是對袁術知根知底的人，另外一個是知道三國歷史的人，對兩人來說，袁術的話不僅沒有讓他們感到驚訝，反而讓他們感覺到十分自然，如果袁術不說這樣的話，一口答應了，那才讓他們兩個吃驚呢。

劉虞皺起眉頭，朗聲道：「孟德的這個策略十分不錯，公路若是不去，我……」

沒等劉虞將最後一個字說出來，便聽曹操打斷了劉虞的話，道：「司徒大人真會說笑，公路兄貴為大漢三公，沒想到這笑話講起來也十分的漂亮。不過公路兄可以放心，糧草供給方面，韓刺史會想辦法的，冀州乃是錢糧廣集之地，區區兩萬人的糧草自當能夠應付的過來。韓刺史，你的意思呢？」

韓馥沒想到曹操一句話便將他也拉了進來，就他個人而言，他不喜歡袁術那種高高在上的性格，反而喜歡袁紹那種平易近人、禮賢下士的和藹，何況他的冀州刺史也是袁紹舉薦的，袁紹、袁術之間的芥蒂不是一天兩天了，他自然明白。

此時他斜眼看了下身為盟主的袁紹，見袁紹輕微地點點頭，便道：「這個請副盟主放心，糧草方面我一定會竭盡全力的籌集，現在我就可以拿出半年糧草供給給副盟主。」

「你……」

袁術的肺都快氣炸了，沒想到曹操、韓馥會串通一氣，如果他真的去攻武關、克潼關，切斷董卓的歸路，他很有可能會全軍覆沒，這種找死的事情，他不會去做。

「公路！」袁紹一聲低吼打斷了袁術的話，「你身為會盟的副盟主，理當給天下群雄做一個表率，你身上流著我們袁氏的血，袁氏一心忠於大漢，四世三公，你我二人能夠被天下群雄推舉為盟主和副盟主，也都是因為袁氏的名聲在外。你一再推三阻四，莫不是想給袁氏抹黑？當年天不怕、地不怕的袁家公子跑哪裡去了？」

袁術現在心裡十分的清楚，曹操和袁紹是從小穿一條褲子長大的，韓馥也是傾向袁紹的，張邈身為陳留太守，和曹操、袁紹走得很近，劉虞雖然不和袁紹對盤，但是也不會幫自己說話，他現在唯一的希望，就是盟軍裡的另外一個參軍。

他斜眼看了看高飛，見高飛端坐在那裡，面無表情的樣子，當即道：「高子羽！你也是參軍，曹孟德制定的策略，你難道就沒有一點意見？」

「沒有！」高飛的回答乾脆俐落。

袁術的心徹底地涼了，雖然他不想去，可是已經被逼到這個分上了，他不去也不行。他現在十分後悔，為什麼當初執意要爭這個副盟主，如果他不是副盟主，那該有多好啊。可是事已至此，他也無法反悔了，誰讓他現在是副盟主呢。

他心裡很亂，也很糾結，沉思了片刻，突然腦海中閃過一個想法：「去就去，我就當一回表率，做給天下群雄看。攻下武關後就不前進了，我看誰能把我怎麼樣？不過，臨走也不能放過袁本初！」

「好！既然如此，那請韓刺史給我一年的糧草，我就率領大軍橫掃三輔一帶，不達成目的，我絕不回軍！」袁術冷不丁地道：「不過，**袁本初身為天下群雄公認的盟主，難道就不能以身作則，親率大軍蒞臨前線指揮戰鬥嗎？如果一直藏在後方，難道不怕被天下人恥笑？**正如你所說的，我袁氏的聲威不能在此處被你敗壞了！」

高飛見袁術將皮球踢給了袁紹，心中一陣好笑，暗想袁氏兄弟明爭暗鬥也不是一天兩天的事了，在共同利益的驅使下或者能不計前嫌的聯合在一起，但是要真到了個人的利益上，就會互相爭鬥了。

袁紹倒是沒有袁術那樣小氣，當即朗聲道：「並州兵馬屯兵在野王，兵力只有三萬，相對薄弱了點，所以，我準備帶兵去平皋，和並州兵會師，一起進攻成皋，然後襲擊滎陽背後，和孫堅共同奪取滎陽，占領敖倉，最後合兵而進，進攻旋門關，直逼洛陽。所以，你不用擔心，今日會晤之後，大軍就會再次一分為三。為了這次討伐董賊能夠勝利，我決定讓揚州刺史劉繇、山陽太守袁遺和你一起進攻武關。」

袁術心裡咯登了一下，他明白，這是袁紹怕他停止不前，專門找人來監視他。但是他也不怕，劉繇、袁遺的兵馬加一起才五千人，他兩萬人，絕對可以在氣勢上壓住劉繇和袁遺，而且他也清楚，劉繇、袁遺也未必肯去送死，這樣一來，他們就可以一起屯兵在武關一帶。

他爽快地答應了下來，道：「那好吧，那我今天就出發，屆時我會讓紀靈來取糧草。我現在就去準備準備，諸位，我們後會有期。」

話音一落，袁術走出大廳，頭也不回。

袁紹冷哼一聲，對袁術表現出了極大的不滿，但是並未說什麼，扭頭對韓馥道：「你回冀州籌集糧草，供給給北路軍，孟德這裡自然會供給中路軍，南路軍有劉表一人承擔。」

韓馥唯唯諾諾地道：「諾！」

袁紹對一直不怎麼說話的高飛道：「高將軍，煩請你和大司馬、孟德一起指揮中路軍，攻克滎陽之日，便是我們再次會盟之時。」

高飛拱拱手道：「諾！」

一天後，袁術、劉繇、袁遺帶著兵馬離開了陳留，向南陽而去，準備攻打武關。袁紹則帶著右北平太守公孫瓚、東郡太守喬瑁、陳留太守張邈、濟北相鮑信、北海相孔融去支援北路軍，只留下高飛、劉虞、曹操、徐州刺史陶謙、廣陵太守張超去聲援孫堅。

從會盟開始，劉備自始至終都是以劉虞部將的身分出現，誰讓他不是侯呢，所有前來會盟的人，幾乎各個都是封過侯的人，只有劉備不是，而且他還認了劉虞為叔父，劉虞也一直將他當成自己的部將看待，或許也是劉虞為了提防劉備所致。

在群雄當中，只有一個州牧，那就是劉虞。

州牧和州刺史的區別就在於，州牧可以掌控本州境內所有的軍政大權，而州刺史卻不能，所以才會有各地太守紛紛都來會盟。

作為幽州牧，劉虞也不算太合格，因為他沒有能夠整合幽州的兵馬，他和高飛、公孫瓚、劉備各自擁有兵馬，卻不是統一的幽州兵。

不過，話又說回來，就算劉虞想整合，面對手底下的高飛、公孫瓚、劉備之

類的人物，他的力量也就會顯得很薄弱。可是，他還是在高飛的幫助下整合了劉備的兵馬，將劉備納入了自己的兵營裡。

從陳留到滎陽，騎兵的話一天便可抵達，而中路軍裡騎兵較少，除了高飛的一萬騎兵外，其他的基本上很少有騎兵，多是以步兵為主。

曹操的兵馬在中路軍中是最多的，足足有三萬人，這還是他願意帶出來的，他在兗州刺史的治所昌邑留了兩萬人馬，就連山陽太守袁遺的兩千兵馬，還是他資助的。

各路兵馬分批離開陳留，高飛辭別了劉虞、曹操等人，獨自帶領一萬騎兵快馬飛馳前往汜水關。

日昏黃，暮蒼茫。彤雲如絮，掠過黯淡的蒼穹，將天空劃出一道血口，染紅垂天雲翼，一隻淌血的孤雁，盤旋在瘡痍滿目的大地之上，悲涼靜肅地凝視著即將頹傾的汜水關。

城牆下冒著滾滾的濃煙，一些餘火還在城牆下成群的屍體上焚燒著，那些被烈火燒焦的屍體早已經沒有氣息，但是從他們僵硬的手臂上可以看出，死前他們是多麼痛苦的掙扎。

汜水關的城牆上，李儒站在那裡，額頭上滲出了汗水，皺起眉頭，雙眼緊緊地看著城外不遠處的軍營，隱約可以看見軍營上面一面「長沙太守孫」的大旗迎著微風飄揚。

在李儒的身邊，並排站著兩個披頭散髮，身披鎧甲的大漢，臉上都露著無比的猙獰。

「李儒，你為何不讓我們出城和孫堅一戰？」一個瘦長臉，鷹鉤鼻的大漢暴喝道。

「太師說過，孫堅是頭猛虎，何況剛才一戰你也親眼所見，胡軫只和他的部將程普交手一個回合便被刺死，他的部將都各個勇猛，何況他本人？」

李儒對身邊大漢的不滿，也是十分的懊惱，無奈地道：「李傕，太師的命令是緊守汜水關，孫堅兵馬雖少，但都是精兵，我軍剛剛抵達，尚未休息，士兵疲憊，不能輕易出戰。」

那大漢便是李傕，北地人，而他身邊站著的那個，便是張掖人郭汜，他們二人連同張濟、樊稠，都是董卓帳下四個心腹愛將，各個武勇不凡。董卓第一次在涼州招兵買馬時，他們四人先後來投，便由此成了董卓第一批的舊部。

「怕個球！我們有五萬人，對方還剩下四千不到，剛才攻城時攻勢雖然很

猛，但是我們這些西涼的健兒可不是吃素的。李儒，你要是怕的話，就滾到後面去，我和郭汜一起出戰，左右夾擊孫堅，必然能夠將孫堅的人頭取來獻給太師！」李傕脾氣很臭，說話也很衝，涼州武人大多如此。

李儒也是涼州人，不過他並不武勇，雖然也會騎馬射箭，可是他偏向智謀型，曾經遊學在洛陽、長安一帶，學習了不少兵法良謀。回到涼州後，本想大展身手，哪知卻遭遇羌人襲擊，好在是董卓帶著兵馬擊退了羌人，救下了他，後來還把女兒嫁給了他。

所以，對他來說，董卓不僅是他的救命恩人那麼簡單，其中包含著很複雜的感情。黃巾之亂時，董卓被調到東部，他便留在隴西，替董卓看護家人。

北宮伯玉叛亂的時候，他帶著董卓的家人藏匿在山裡，直到叛亂平定，董卓帶著兵馬回到隴西時，他才現身，然後就一直跟隨在董卓的身邊。雖然他對董卓有點畏懼，可也很尊敬，因為董卓的狼子野心讓他也得到了許多好處，所以一聽到有人不聽從董卓的命令，他就會很生氣。

「李傕！你可以不聽我的話，但是你絕不能違抗太師的命令。太師有令在先，只堅守，不出戰，等待太師帶兵支援。」

李傕聽到李儒的吼聲，也有點發怵，對他來說，李儒是個吃人不吐骨頭的魔獸，他不用動手，只需一句話，就可以讓人死無葬身之地。加上李儒又是董卓的女婿，而且董卓對李儒的話幾乎是言聽計從，雖然他的官爵在李儒之上，可也不敢輕易得罪李儒，他心裡明白，得罪了李儒就等於性命難保。他不再吭聲，轉身離開了城樓。

一邊的郭汜相對的要圓滑一點，看到李傕和李儒之間有了僵持，便對李儒道：「大家都是為了破敵，李傕的脾氣就是如此，有時候我也受不了，還請你消消氣。再說，太師是有命令在先，可那是建立在你成功說服孫堅的基礎上啊，現在你不但沒有說服孫堅，反而激怒了孫堅，太師來了，少不了要責罵一番。不如這樣，我們先行出兵攻破孫堅，等太師來了，你也可以用這件事來將功折罪，破了孫堅就等於給聯軍一個下馬威，你覺得呢？」

李儒聽了，心中也很悵然，想了想道：「好吧，就這樣辦，但是你們兩個必須聽從我的安排，硬拼的話只會讓我們有過多的傷亡。」

郭汜嘿嘿一笑，拍了拍李儒的肩膀，道：「你是智囊，我們聽你的。」

李儒道：「你去告訴李傕，讓他準備準備，今夜三更，我們劫營！」

郭汜點點頭，轉身便下了城樓。

汜水關外五里的平地上，一座大營孤零零地矗立著，「長沙太守孫」的大旗在微風的拂煦下和緩的飄揚。

夕陽已經完全沉下去了，天色逐漸變得黯淡下來，大營裡也開始升起了火，一個個火把在這時候點了起來。

中軍大帳中，孫堅摸著他的那把古錠刀，鋒利無比的刀刃映照出森寒的冷光，讓人看了會不禁起了一絲寒意。

「父親大人！」

一個十二三歲的半大男孩跨步走了進來，朝著孫堅抱了一下拳，畢恭畢敬地拜了一拜。

孫堅將古錠刀插入刀鞘之中，向那男孩招了一下手，露出笑容，輕聲道：「伯符，你過來。」

那男孩是孫堅的長子，叫孫策，字伯符，今年剛好十二歲。年歲雖小，可是身體發育的卻十分良好，而且從小在孫堅的教導下習武，已經到了弓馬嫺熟的地步，加上他天生神力，一直是孫堅最為喜愛的兒子。這次孫堅前來會盟，也是特意將他帶了過來，讓他見識見識大場面，認認天下群雄的模樣。

孫策走到孫堅身邊，在燈光的映照下，他的面容完全的呈現出來。孫策面如冠玉，目似流星，清瘦到臉上已經看不到一絲稚嫩，反而顯現了這個年紀不該出現的成熟。

孫堅一把拉住孫策的大手，露出慈父祥和的表情，問道：「伯符，我要你做的事，都做好了嗎？」

孫策道：「回父親大人話，那些傷兵都安頓好了，請父親大人不用掛在心上。」

「嗯，你現在還小，現在跟隨軍中，你要多和士兵交流交流，等你長大了，換你帶兵的時候，你就會知道，作為一個將軍，如果不愛惜自己的士卒，也必然會被士卒所唾棄。我要你緊緊地牢記在心裡，以後你要做一個愛惜部下的好將軍，最好要做到像你高叔叔一樣。」

孫策臉上現出一絲疑惑，道：「父親大人，孩兒不小了，已經十二了！再說，高叔叔我偷偷的見過了，那天會盟的時候，他來送父親，我見他也比我大不了幾歲啊。我本以為高叔叔是和父親年紀相當的人，哪知道會如此年輕，他應該當我兄長才對……」

「不許胡說！」孫堅鬆開孫策的手，微怒道，「我和高飛以兄弟相稱，他不是你叔叔是什麼？他雖然大不了你幾歲，但是智勇雙全，為人處事也十分穩重，

從他身上我學到了不少東西，如果你到了那個年紀，能有他一半的穩重，我就心滿意足了。」

孫策沒有再說話，因為他無法理解為什麼父親會如此推崇高飛，在他看來，高飛比他大不了幾歲。他暗暗地將高飛這個名字牢牢地記在心裡，準備等以後再見到高飛的時候，一定要和高飛比試比試，看看高飛是不是真的如同父親所說的一樣勇猛。

這時，程普、黃蓋、韓當、祖茂四個人陸續走了進來，看見孫堅、孫策俱在，同時參拜道：「參見主公，少主公！」

孫堅抬了一下手，示意程普、黃蓋、韓當、祖茂四人坐下，道：「你們來得正好，我正準備派人去叫你們呢。」

程普、黃蓋、韓當、祖茂四人年歲不同，而且四人的身材都屬於那種粗壯型的。其中以程普的資歷最老，從黃巾之亂時，便跟隨孫堅，當時不過是一個小卒子，後來又隨孫堅去涼州平亂，五千兵馬只存活了十個，程普便是十個之中的一個。後來孫堅去長沙當太守，也只帶了那十個舊部，在上任的途中，他和程普多次接觸，這才發現程普是個人才，便讓他做了親兵隊長。

孫堅到達長沙之後，沒過多久，長沙有一個叫區星的就鬧叛亂，孫堅招兵買馬，得兵兩千，流浪江湖的韓當、祖茂便加入了孫堅的軍隊。

在征討區星的時候，程普、韓當、祖茂殺敵眾多，便被孫堅提拔為軍司馬。後來區星轉戰零陵，零陵人黃蓋帶著鄉勇加入孫堅的軍隊，首戰立功，斬殺了區星的一個頭目，也被孫堅提拔為軍司馬。

孫堅和區星苦戰半月，終於掃平了區星的叛亂，程普、黃蓋、韓當、祖茂也在這次戰鬥中嶄露頭角，均被孫堅提拔為心腹。

程普、黃蓋、韓當、祖茂四人坐定之後，齊聲問道：「不知主公有何吩咐？」

孫堅道：「汜水關城牆高厚，昨日我軍雖然擊敗了徐榮，可是自從徐榮退守汜水關，又得到了李傕、郭汜帶來的援兵，聲勢正盛。今日雖然猛攻關城一次，可惜董軍防守的十分嚴密，白白折損了數百士兵。我軍兵少，雖然為開路先鋒，但是也不能硬碰硬。所以，我決定今夜後撤三十里，以待援軍到來。」

程普拱手道：「主公，鎮北將軍高飛正帶兵前來支援，他的部下都是騎兵，看來用不了多久就到了，不如今夜暫且駐紮此地，等到高將軍的援兵一到，我軍也就不用退兵了，反而會大大激勵我軍士氣。」

「話雖如此，為了以防萬一，還是理應迅速退兵，不然的話，董軍如果夜晚劫營，只怕我軍難以抵擋。今日董軍援兵剛剛抵達，之所以不出戰，大概也是為

了養精蓄銳，夜晚劫營，所以我軍必須避開和董軍的援兵交戰。你們都傳令下去，帶領各部人馬用過晚飯後，悄悄離開大營，將空營留給董軍，我軍在三十里外另行下寨。」

程普、黃蓋、韓當、祖茂四人聽了都覺得有理，便一起站了起來，拱手道：「屬下遵命！」

孫堅則對孫策道：「你負責傷兵的轉移。」

孫策抱拳道：「孩兒得令！」

吩咐完畢，程普五人出了大帳。大帳內只剩下孫堅一個人，他披上鎧甲，戴上頭盔，將古錠刀繫在腰間，大踏步地走出營帳，著手準備撤離的事。

與此同時，中牟縣境內，高飛帶著賈詡、荀攸、趙雲、太史慈、華雄和一萬騎兵正在急速的向西奔馳。

浩浩蕩蕩的騎兵所過之處，沒有人敢阻攔，司隸一帶的百姓知道要打仗了，汜水關以東的百姓全部逃難到了兗州、豫州境內，汜水關以西的百姓都不願意受到戰亂的波及，全部向三輔逃難，所以汜水關東西兩百里內皆是無人的村莊，縣城也都空空如也，他們毫無疑問地成了受戰亂直接影響的難民。

但是二十萬軍隊並不穩定，其中有一部兵馬乃是馬騰、韓遂共同執掌，坐鎮三輔一帶，如今正朝京師開來。馬騰這個人對漢室十分的忠心，他和許多涼州漢人一樣，都被老賊的花言巧語蒙蔽了，如果高將軍有機會見到馬騰的話，完全可以用大義感化他，他或許會反撲老賊。」

高飛點點頭道：「蓋長史為國盡忠，不辭辛勞，還透露了如此重要的機密，讓我深受感動。今日一別，希望蓋長史好好保重自己，待攻破洛陽之時，希望我們能夠再見面。」

蓋勳似有似無地笑了一下，道：「但願吧，高將軍，蓋某就此告辭了！」

高飛將蓋勳送了出去，看著蓋勳的身影消失在夜色中，重重地嘆了一口氣，扭頭對賈詡道：「可以將這件事告訴那七百三十八個人了，我想，這次攻破汜水關，就靠他們了。」

賈詡「諾」了聲，當即從隊伍中叫來那七百三十八個人，帶到高飛面前，道：「主公，人都帶來了。」

高飛看著他們，這些人都是從陳倉開始就跟著他的，是他第一批忠實的部下，也是飛羽軍最初的成員。他朗聲道：「你們自從跟隨我以來，吃了不少苦，走南闖北也有一年多了，大家都是生死與共的兄弟。可是，今天我不得不把你們

遣散，讓你們回涼州老家……」

「主公！你不要我們了？」一個已經是軍司馬的人大聲叫了起來。

高飛嘆了口氣，道：「我們一起出生入死，早已經是血濃於水的兄弟了，可是為了你們好，我不得不如此做……」

「主公……」

幾乎是同一時間，七百三十八人全部跪了下來，齊聲道：「我們跟隨主公出生入死，沒有功勞也有苦勞啊，主公怎麼能這樣對我們呢？」

賈詡這個時候站了出來，朗聲道：「其實……主公也是逼不得已，你們都是主公的得力幹將，在軍隊中不是軍司馬就是軍侯，軍隊裡一下子少了你們，就等於整個主心骨垮了下來。可是，董賊已經抓了你們的父母、兄弟、老婆、孩子，並且用你們的親屬來要脅主公，如果主公不投靠董賊，他們就會殺了你們的親屬，其實……主公的宗族也被董賊……」

「軍師！不要說了，趕緊讓他們離開這裡，發給他們足夠的路費和食物，讓他們回涼州老家和他們的家人團聚吧！」高飛打斷了賈詡的話，還用袖子抹了抹眼角。

「該死的董賊！」最先說話的那個軍司馬痛罵一聲，接著站了起來，朝後面的人喊道：「兄弟們，主公向來對我們不薄，我李鐵雖然是涼州人，可我自幼父母雙亡，也尚未娶妻生子，更沒有兄弟姐妹……」

「李司馬，你父親不是在涼州嗎？還有你的兄弟……」一個人說道。

「閉嘴！」李鐵吼道：「我李鐵從今天起，就是自己一個人了。主公待我不薄，我能夠當上軍司馬，也都是主公的恩賜，我誓死跟隨主公，主公到哪裡我就到哪裡！」

此話一出，所有人都震驚不已。因為他們彼此可以說是再熟悉不過的兄弟了，誰都知道李鐵平日裡老是愛談論自己的家人，說他的父母如何的慈祥，他的兄弟姐妹如何孝順，他的老婆如何賢慧。

當他們聽完李鐵的話後，沉寂了好一會兒，起初的憂心變成了憤怒。他們都明白，李鐵這是在大義滅親，捨小家，顧大家，心裡都在天人交戰著……

好一會兒之後，跪在地上的人同時站了起來，異口同聲地朝高飛拜道：「我等誓死跟隨主公，此生此世，絕不背離！」

正如高飛所猜測的一樣，他的計策奏效了，但是他的臉上依然掛著一絲愁容，緩緩地道：「你們這是何苦呢，為了我一個人，讓你們的家人全都……我於心何忍啊，你們……你們還是趕緊離開這裡，回涼州吧。」

「主公若是趕我們走，我們就死在主公面前！」七百多人抱著必死的決心，異口同聲地道。

高飛終於鬆口道：「你們都是我的好兄弟……既然你們都願意誓死追隨我，那我們就給董賊一個下馬威，我想讓你們利用這次機會，混進汜水關。」

眾人齊聲道：「主公儘管吩咐，我等萬死不辭！」

於是，高飛將計畫說了出來。七百多人默記心中，在李鐵的帶領下，先行離開了軍隊。

看著那七百多人離開的身影，高飛輕聲問道：「**那個叫李鐵的，是軍師的傑作吧？**」

賈詡朝高飛拱拱手，笑道：「屬下什麼事都瞞不過主公，李鐵確實是屬下很早便安排在他們中間的，一年多來，就是為了等今天這個日子。」

高飛笑道：「做得不錯，李鐵雖然談不上是什麼將才，可也確實是個人才，如果這次他能活著回來，就提拔他當個都尉吧。」

「諾！」

第九章

將計就計

李傕道：「將計就計！李鐵是我的同鄉，我們是從小一起長大的，所以，他將什麼事情都告訴我了。這次高飛派他來假意投降，我便將他勸降了，然後設下將計就計的策略，將高飛引進伏擊圈，一舉殲滅他們。」

三更時分，厚厚的雲層遮擋住了整個月亮，使得天地間一片黑暗。

汜水關內，李儒站在城門口，望著整裝待發的精銳西涼騎兵，露出了滿意的笑容。

李傕、郭汜二人全副武裝，身後帶了五千名擅用長矛的羌胡騎兵，人銜枚，馬裹足。

「你們都照我安排的去做，從側後方包抄過去，截斷孫堅的歸路，半個時辰以後，徐榮會從關門殺出，到時候徐榮舉火為號。你們一看到舉火，便立刻殺出，三面圍攻孫堅營寨，諒他插翅也難飛。」李儒怕李傕二人會出錯，再一次鄭重地交代道。

李傕不耐煩地道：「知道了知道了，你都說了三遍了！」

李儒看不慣李傕那種自以為是的樣子，更不喜歡他輕視自己的表情，但是在董卓的四個心腹愛將中，李傕確實是一位猛打猛幹的戰將，從長安一路殺到洛陽，基本上都是李傕做先鋒，而且他也繼承了董卓的狠勁，所過之處，但凡進行抵抗的人，全部殺得一個不留。

他向來以大局為重，從不和李傕有所計較，就連李傕的前將軍，也是他主動讓董卓封的，只為了穩定人心。

他沒有理會李傕，將身體閃在一邊，朝身後的人喊道：「打開城門！」城門剛一打開，李傕便「駕」的一聲輕喝，一溜煙的奔出了城池，當真是一個急先鋒。

可就是由於他的性格過於急躁，才能從長安快速的推進到洛陽，在澠池一舉打敗了帶著數萬北軍將士的淳于瓊，迫使袁紹被迫離開了洛陽。

郭汜隨後策馬而出，走到李儒身邊時，輕喝了一聲：「你放心，李傕雖然急躁，可不會誤事的，半個時辰以後，我們必定砍下孫堅的人頭。」

聲音落下時，郭汜已經出了城門，身後的一萬士兵魚貫出城，出城之後，便一分為二，趁著夜色，兩撥兵馬很快便消失得無影無蹤。

汜水關的城門再次悄然無息的關上，李儒轉身走出門洞，迎面卻看見走來一個身穿鎧甲的魁梧大漢，那人不是別人，正是滎陽太守徐榮。

徐榮是遼東人，頗有武略，本是郡中小吏，不滿自身現狀，便毅然離開了遼東，來到洛陽。一沒錢、二沒人的他，很快便被淹沒在洛陽的人山人海中，不過，也算他很幸運，趕上了好時機，正好遇到黃巾之亂，朝廷招募兵勇，他便應徵入伍，以高人一籌的武力，被提拔為軍侯，分派到董卓所統帥的部下。

他作戰勇猛，曾經兩次從黃巾的手中救出董卓。大亂平定後，董卓便將徐榮

舉薦滎陽太守。董卓從涼州殺回洛陽時，他主動投靠，不僅太守職務沒丟掉，還封了個橫野將軍。孫堅帶兵進入滎陽時，他主動帶兵進行抵禦，哪知太過輕敵，慘敗而歸。

徐榮走到李儒面前，參拜道：「李大人，我這邊都已經準備好了，何時出發？」

李儒很喜歡徐榮的謙虛，也很喜歡徐榮的能力，所以說話時，語氣十分的和緩，輕聲道：「半個時辰以後，你率部出關，快要抵達孫堅大營時，便分派人在兩翼舉火，李傕、郭汜自然會從孫堅大營背後殺出，你們三人合力將孫堅擊殺。但是，你要親手砍下孫堅的腦袋，別讓李傕、郭汜占了先機。」

徐榮應了聲，什麼都沒說，他不喜歡多問，命令就是命令，只要服從就可以了。

「你將部隊集結在城門邊，殺了孫堅，你不僅能將上次敗給孫堅的面子撈回來，還能在太師面前大展身手。」李儒激勵道。

徐榮抱拳道：「我知道了，我一定不會讓李傕、郭汜得手的。」

過了差不多半個時辰，李傕、郭汜的兵馬繞到孫堅大營的後面，徐榮則集結了一萬人馬在城門口，等到時間一到，他便會主動出擊。

「將軍，差不多到時辰了。」徐榮身邊一個軍司馬道。

徐榮搖頭道：「還有一刻，還早，只有把握好時機，才能取得戰鬥的勝利。」一身邊的人不再說話了，他們都知道，徐榮很準時，說多少時間出兵，就多少時間出兵，而且每次出兵的時候，他也不看天空，只要時間一到，便會下令出兵，每次的時間都恰到好處。

過了一刻時間，徐榮二話不說，大喝一聲「出兵」，在城門打開的同時，他便拍馬舞刀而出，一馬當先的衝了出去，他身後的士兵則緊緊相隨。

月亮還害羞的躲在雲層裡，大地還是一樣的黑暗，在汜水關外不遠處的平地上，孫堅的大營裡掛著一些燈光，旗幟仍在迎風飄揚，一切是那樣的安祥。

可是，只過了一會兒，雷鳴般的馬蹄聲由遠及近，徐榮一馬當先的衝了上來，身後的騎兵則迅速一字排開，手中都舉著長矛，飛也似的向孫堅大營毫不猶豫的衝了過去。

此時，兩邊的樹林裡，亮起了忽明忽暗的燈火。緊接著，早已經埋伏在孫堅大營背後的李傕、郭汜發出極大的吶喊聲，和徐榮一起向大營衝了過去。

衝得越來越近時，徐榮、李傕、郭汜都感到有些訝異，他們早就做好了防禦大營裡飛出來的箭矢，可是卻和他們的想法相反，大營裡連一個人影都沒有，更

沒有射出半支箭矢。

當所有的騎兵衝進營寨時，卻意外的發現，整座大營成為一座空寨，營寨裡一個人都沒有。而那些從週邊看起來若隱若現的士兵，其實只是幾個殘缺的頭盔而已。

徐榮、李傕、郭汜一經會面，臉上都是一陣驚詫。

「本以為會痛痛快快的殺一場，哪知是座空寨，白費了老子那麼多精神！」李傕大大咧咧的道。

徐榮道：「退出營寨，小心有詐！」

此話一出，李傕、郭汜的臉上都是一驚，便和徐榮一起下令退出了營寨。

當所有的士兵都退出營寨的時候，什麼事情都沒有發生，一切平靜的如水一樣。

遠處的樹林裡，在幽暗的夜裡，幾個穿著黑色勁裝的人躲在樹木的背後，看到前方平地上撲了空的董軍，都竊竊地笑了。

「主公真是料事如神，董賊的軍隊果然撲空了。」程普一臉的喜悅，誇讚道。

「可惜沒有太多的時間，否者，我定要在大營裡挖幾個陷馬坑，至少可以讓董軍的人有所傷亡。」孫堅惋惜地道。

「父親大人，要是我們有足夠的兵馬，就可以給董軍一擊，必然能夠使得董軍聞風喪膽。」孫策躲在孫堅的身後，兩隻炯炯有神的眼睛放出了一絲光芒，淡淡地道。

孫堅道：「能躲過這一劫，已經算是僥倖了，如果我們晚走一個時辰，必定會全軍覆沒。好了，我們回營，再過一會兒天就要亮了，留在這裡十分的危險，我想明天早上的時候，援兵就會到了。」

「諾！」

李傕對這次行動很生氣，下令士兵一把火將那座大營給燒毀了，熊熊的火焰燃燒了整個大營，火光照亮半個夜空，兩萬西涼騎兵都垂頭喪氣的。

撲了空的西涼騎兵開始陸續回汜水關，李傕還留在原地不肯走，在心裡狠狠地將李儒罵了一個狗血淋頭。

就在這時，大約七百多騎兵從夜色中駛出來，服裝上和西涼騎兵完全不同，那七百三十八人在軍司馬李鐵的帶領下，朝火光這邊奔馳了過來。

「將軍，有敵人！」李傕身邊的人指著東方來的七百多騎，大聲地喊道。

李傕哈哈一笑，立刻對手下的士兵下達了命令，大聲地道：「包圍他們，要抓活的！」

徐榮、郭汜帶著兵馬進汜水關了，他們很瞭解李傕，如果不發洩完心中的怒火，是絕對不會回來的，所以，他們誰都沒去打擾李傕。

李傕帶著自己的五千騎兵，很快便將李鐵帶領的七百多人包圍了起來，可是李鐵他們卻沒有顯示出一絲的慌張，反而十分的淡定。

當西涼騎兵將李鐵等人完全包圍之後，李傕便從人群中駛了出來，衝著被包圍的人喊道：「你們是誰的部下，居然自投羅網？」

李鐵朗聲道：「我們是鎮北將軍、遼東侯的部下，我們有重要軍情相告。」

李傕曾經不止一次的聽董卓提起過高飛，而且他也有很長一段時間在涼州的百姓中聽到過關於高飛的傳聞，所以，他一直很想見見高飛，比試比試，看看是他強，還是自己強。

此時他聽到對方是高飛的部下，心裡的怒氣頓時消去了三分，當即問道：「你們有什麼重要的軍情，我是前將軍李傕，快快說出來，免你們一死。」

「李傕？」李鐵聽到這個名字時，便愣了一下，隨後指著李傕道，「你真是李傕？」

李傕很生氣，見對方在自己的包圍之下，如此囂張地直呼他的名字，而且還是在這麼多部下的面前。

他將手中長矛向前一招，大聲喝道：「大膽，我的名字是你隨便亂叫的嗎？我看你是不想活了吧？給我殺了他們！」

「等等！李老二……你他娘的還認識我不？我是老鐵！」李鐵急忙喊道。

「老鐵？」

李傕定睛看去，在火光的映照下，看見一個臉上帶疤的魁梧漢子，那漢子的相貌和他記憶中的一個同鄉很相似，而且他在家裡排行老二，李老二這個名字從小帶到大，直到十五歲的時候，他才托人給自己起了一個名字。

他又仔細地觀察了對方一番，臉上現出驚詫之色，大聲喊道：「你真的是老鐵?!」

李鐵是北地人，和李傕是同鄉，也是李傕哥哥的發小，年紀要比李傕大上三四歲，所以對李傕十分瞭解。此時他突然見到少時玩伴的弟弟，心中難免有點激動，更沒想到是，一向膽小怕事的李傕，居然出現在董卓的陣營裡。

他覺得這是一個絕好的機會，他身上背負著一項重要的使命，能在這裡突然遇到故人，可以說連上天都在幫他。

他策馬向前走了兩步，伸出雙手打了幾個奇怪的手勢，衝李傕喊道：「李老

二，還認識不？這可是我當年教……」

「教你娘的蛋！」李傕突然一改常態，大聲罵道：「你再敢胡說一句，看我不把你身上捅幾個窟窿。你認錯人了，李老二早死了，現在我是李傕，堂堂的前將軍！」

所謂一朝天子一朝臣，這權臣也不例外，袁紹被董卓趕走了，之前所封的官職都統統成了狗屁。董卓找不到原來的印綬，便命人重新製作，分別封李傕、郭汜、張濟、樊稠為前、後、左、右將軍，又大封特封了一批親信，以前的什麼狗屁三公、將軍，他統統不承認，反正有皇帝在手，有玉璽在手，他想怎麼來就怎麼來。

李傕受封前將軍後，也逐漸一改往常的謙遜，除了董卓，他對誰都沒謙遜過，有兵在手，吃喝不愁。此時突然冒出一個李鐵，雖然他知道那是他哥哥從小的發小，還曾經保護過他，但是自從北地發生旱災，難民內遷之後，他的家人死了不少，膽小怕事的性格一下子受到了刺激，開始變得乖張起來。

也就是他這種性格，在氣勢上常常壓倒對方，使得他將以前欺負過他的人全部打倒了。所以，**李老二死了，他現在是李傕，有身分有地位的人，不再是當年那個受人欺負的娃娃了。**

李鐵還搞不清楚來由，見李傕如此暴怒，完全和他之前認識的不一樣，而且從李傕惡毒的眼睛裡，他還能看出一線殺機。吞了口口水，暗自尋思道：「早知道就不認這層關係了，弄得現在僵住了。」

「快說，你有什麼重要軍情？」李傕可沒閒工夫去等一個人，朗聲問道。

李鐵作為這次任務的主要負責人，雖然一時說錯了話，可是他並不是窩囊廢，而且長久時間的隱伏，也就是為了等待今天的立功。一年多前，當賈詡親自找到他，帶著高飛的委託時，他義不容辭的接受了賈詡的安排，潛藏在那些飛羽軍中，每天就是述說著家裡的人，讓人都知道，他是一個十分念家的人……

回想起往事，李鐵覺得自己一年多的時間都忍了，絕對不能在這裡失敗。

他當不認識李傕這個人，朗聲道：「李將軍，我是前來投效你們的，我的老婆孩子、父母兄弟都在涼州，董太師抓了我的家人，我必須救我的家人，所以我帶著部下前來投靠。這些都是涼州的兄弟，原先跟著高飛的那幫子兄弟，現在就剩下我們這些了。只要董太師放過我們的家人，我們願意為董太師賣力。」

李傕聽完，像撿了寶貝一樣高興，當即道：「既然如此，那我們就是一家人，不過，你這樣來，董太師未必肯相信你們，只要你們能取下高飛的人頭，將他的頭顱獻過來，太師不僅赦免你們的家人，更會給你們高官厚祿。」

李鐵道：「我正是為了高飛的人頭來的……」

「你已經拿到了，那太好了，快交給我！」

李鐵搖搖頭道：「高飛身邊有五虎將陪著，五虎將和高飛形影不離，而且各個武藝高強，我們根本無法下手，如果硬來的話，只怕我們連性命都保不住。不過，高飛給了我們一個任務，我可以用這個任務來殺他。」

「任務？什麼任務？」李傕道。

李鐵道：「高飛讓我們假意投降太師，然後趁機在汜水關內作亂，打開城門，放他的軍隊進入城裡，可是那樣太危險，我們想來想去，都覺得投靠太師是安全的，所以……」

李傕直接打斷了李鐵的話，道：「不用說了，我知道了，你們跟我來，我帶你們進關，咱們好好的商量商量如何取得高飛的人頭。」

李鐵見李傕肯相信他們了，每個人的心裡都鬆了口氣，卻仍保持著戒備的心。

一行人在李傕兵馬的帶領下，來到汜水關內。

城門口，李儒看著李傕回來了，冷冷的問道：「怎麼回來那麼晚？」

李傕沒有理李儒，當即昂著頭，騎著馬，保持著一種高調的姿態進了城，並且讓士兵保護好李鐵等人。

李儒見有陌生人進入汜水關，而且手裡還拿著武器，立刻對李傕質問道：「等等，這是怎麼一回事？」

李傕道：「這是我的戰利品，太師交代過，凡是搶到的東西，都是自己的，這些我的東西，似乎與你無關吧？」

李儒疑心道：「戰利品？徐榮、郭汜不是說撲了個空嗎？你哪裡來的戰利品？他們是怎麼來的？」

「這與你無關，這是我的私事！」李傕自始至終都沒有看李儒一眼。

李儒打量了一下李鐵等人，見他們各個身形彪悍，看上去有點凶惡，心裡不免有點擔心，忍不住道：「我再問你一次，這些人是從哪裡冒出來的？如果你不說的話，為了以防萬一，只能將其殺掉！」

「你敢動我的人試試！」

李傕跳下馬背，怒目對著李儒，他將長槍朝地上一杵，鐵質的長槍在地上敲出一聲悶響，他所擊打的那塊石磚也被敲出一個坑洞來。

李儒也不怕，李傕太囂張了，他必須打擊打擊他的氣焰，否則，以後誰還用正眼看他?!

他向前走到李傕面前，抬起頭看著比他高出大半個頭的李傕，冷笑一聲，

道：「怎麼？你想造反不成？」

「是你想造反吧？」李傕喝道：「這些人是我的，除了太師和我，誰也不能動他們。」

李儒道：「他們是不是前來投降的？」

「是又怎麼了？」

「殺了他們，他們是奸細，一定是聯軍派來混進關內的。」李儒道。

李傕道：「不能殺，殺了你會後悔的。你讓我們夜襲孫堅的大營，我們撲了空，如果白天你聽我的，我們早已經將孫堅殺退了。這些人手裡可是拽著高飛的腦袋，我不會再相信你的話了，我要自己想辦法立功，只要殺了高飛，比殺了孫堅更能讓聯軍震驚。你別忘了，是你沒有勸降孫堅的，再說，你的官比我低，按官階來排，你要對我客氣一點，你要是再對著我大喊大叫的，我就對你不客氣了。」

李儒環視一圈，見所有人的目光都集中在李傕的身上，他忽然想起一個多時辰前，前去給高飛送信的蓋勳回來時，說高飛會大義滅親，但是手下的人他不知道的話來，便斜眼看了看李鐵等人，心想：「既然如此，我理應觀察一番，如果有任何異常舉動的話，也只能拿出太師的兵符下令捕殺了。」

董卓十分清楚自己的部下，李傕和李儒不對盤的事他也知道，所以，在李儒帶著李傕、郭汜出兵的時候，他就給了李儒一個兵符，以防備不測。李傕和李儒相比，董卓更信任李儒。

李儒不願再和李傕爭執，冷哼一聲，道：「隨你吧，只要能取下高飛的人頭，你想怎麼做就怎麼做。」

李傕也重重地哼了聲，轉身跳上馬背，心中想道：「如果不是看在你是太師女婿的份上，我早已經親手把你殺了。」

李鐵等人看到這一幕，內部不和，或許會給他們製造不少機會。

李儒看到李傕離去，從身邊喚來一個人，在耳邊吩咐道：「去告訴徐榮，讓他派人盯住這些人，他們的一舉一動都要來向我報告。」

天色微明，東方露出了魚肚白，不多時，耀眼的金色光芒從地平線上照向了整個大地。

汜水關外三十里處立著一座大營，「長沙太守孫」的大旗垂頭喪氣地緊緊裹住了旗杆，天地間沒有一絲的微風，隨著太陽的昇起，熱度開始慢慢升高。

昨夜安然無恙地躲過了董軍的夜襲，對於兵力並不是很多的孫堅來說，實在值得慶幸。

此時，孫堅剛剛起床，額頭和身上都掛滿了汗水，悶熱的營帳猶如一個蒸爐，蒸得人十分難受，加上夜間蚊蟲的騷擾，更讓人無法好好休息，使他幾乎一夜未眠，直到清晨才小睡了一會兒，以至於他的眼周呈現一片烏黑，就連眼裡也布滿了血絲。

他從桌上取下一個水囊，咕嘟咕嘟的喝了幾口水後，穿著一條短褲，光著上身，走出了營帳。

營帳外的空氣是流動的，比起悶熱的營帳要舒服多了。他伸了個懶腰，活動了一下手腳，任由身體上的汗水被風吹乾。

「主公，剛剛接到高將軍派出斥候的消息，高將軍正馬不停蹄的朝這邊趕來，已經不足十里。」

說話的人是祖茂，他見孫堅走出營帳，拱手道。

祖茂的身形和孫堅比起來顯得很是瘦小，個頭也比孫堅矮出許多，可是身上卻透著一股精明和幹練，一身戎裝的他看上去很是威武。雖然在孫堅的四個心腹中，他的武力是最差的，可是一旦上了戰場，他總是第一個衝上去，絲毫不遜色於程普、黃蓋和韓當。除此之外，祖茂也很機敏，這一點，是孫堅最為喜歡的。

「雖然高飛帶的全部是騎兵，但是連夜從陳留趕來，必定十分辛苦，你去準備一下，騰出一些地方，讓援兵到來時可以得到充分的休息，多備一些水，這鬼天氣看來是想把人給熱死。」

「諾，屬下這就去準備。主公，是否要設宴迎接高將軍？」

孫堅笑道：「不用了，高飛的為人我瞭解，再說，我們出來的時候太急了，糧草沒有帶夠，不必大費周章的設宴，你只需讓人給我們準備好一罈子水就可以了。」

「水？不用酒嗎？」

「君子之交淡如水，高飛是我的兄弟，他會明白這個道理的，何況這個時候也不宜喝酒，沒有什麼比用水來款待遠道而來的人更加解渴了。」

「屬下明白了，屬下這就去準備。」

「等等，你去通知黃蓋，讓黃蓋單騎出營，在路口迎接高飛，再讓程普、韓當打開寨門，讓二百人列隊在寨門等候。」

祖茂「諾」了聲，轉身離去。

孫堅臉上現出一絲笑容，自言自語道：「兄弟同心，其利斷金。看來這次汜水關一戰，我們兄弟會給聯軍立下首功了。」

話音一落，孫堅轉身走進大營，先用冷水擦拭了一下身體，然後穿上衣服和戰甲，整理戎裝，以待高飛的到來。

官道上塵土飛揚，全副武裝的騎兵隊伍向後面延伸出好遠，乍看之下，猶如一條長龍盤旋。

高飛一馬當先，身後太史慈、賈詡、荀攸、趙雲、華雄緊緊相隨，再後面便是成群的騎兵，一行人浩浩蕩蕩的疾速向前奔馳，雷鳴般的馬蹄聲在他們的耳邊不斷響起，所過之處，地面都顫抖不已。

也許是因為問了太多遍，自從離開中牟之後，高飛便不再問還有多遠的廢話了，他已經安排好一切，斥候也已經將李鐵成功潛入汜水關的消息帶來，他的心變得輕鬆下來。

不遠處的岔路口那裡，一棵大樹孤零零的矗立在那裡，樹蔭下，一個頭戴鐵盔、身披鐵甲的漢子騎在馬上靜靜地等待在那裡，看到官道上駛來大隊騎兵，他的臉上浮現出一絲欣喜。

「駕！」一聲輕喝，騎士策馬來到官道中央，看著那由遠及近的騎兵，他跳下馬背。

「主公，前面好像是孫堅帳下的黃蓋！」太史慈定睛看到了前面的騎士，便對高飛道。

高飛聞言道：「看來孫堅的大營不遠了，讓所有人放緩速度。」

高飛下令全軍停止前進，自己走近黃蓋。

黃蓋有著圓圓的臉膛，彎彎的眉毛，會笑的眼睛，小巧精緻的鼻子，一雙大耳，還有一張厚唇，身材偏胖，十分具有親和力。

「在下孫太守帳下左軍司馬黃蓋，奉我家主公之命，特在此地恭迎鎮北高將軍！」

高飛見黃蓋一臉的和氣，看不出有什麼威武的模樣，但是這人確實是個武勇的人，歷史上有名的「**周瑜打黃蓋**」成就了他千古的美名。

他朝黃蓋拱手道：「有勞公覆了，請前面帶路吧。」

黃蓋聽到高飛叫他的字，不禁怔了一下，心想：或許是主公孫堅曾經和高飛談過他。不過，他也不在意，在他看來，高飛喊他的字，是親暱的一種表現，旋即朝高飛拜了拜，翻身上馬，朗聲道：「高將軍，請隨在下來，大營就在前面不遠。」

高飛點點頭，一行人很快便來到孫堅的大營。

大營外，孫堅帶領程普、韓當、祖茂和二百士兵列隊在營寨門口，見到長長的騎兵隊伍緩緩而來，所有的人心裡都感到無比的興奮。

兩下相見，孫堅和高飛互相寒暄幾句，並肩走入營寨。

就在這時，一個半大的孩子出現在眾人的面前，他的頭上戴著一頂熟銅盔，身上披著一件鐵甲，將手中長槍朝地上一杵，環抱著雙臂，揚臉道：「來人可是鎮北將軍、遼東侯高飛嗎？」

此話一出，在場的人都被那半大孩子的裝束吸引住了，看那孩子趾高氣揚而且又十分滑稽的樣子，都不禁覺得好笑，卻沒有一個人笑出聲來。

高飛並不認識那孩子，見那孩子的頭盔因為太大而壓住了他的半個眼睛，使得那孩子不得不揚起臉向前看，同時，身上披著的戰甲也和他的體型完全不匹配，要遠遠大出他的身體，原本只到腰部的板甲，在那孩子身上居然蓋住了整條大腿。

「伯符！不得胡鬧，快離開這裡！」

孫堅的臉上一陣鐵青，沒想到孫策會在這裡出現，他知道他兒子的性格，他之所以等在這裡，定是要向高飛挑戰，便大聲怒斥道。

高飛聽到孫堅的叫聲後，呵呵笑了兩聲，對面前的孩子道：「原來你就是孫策，沒想到你還是半大的孩子，不過，你就算要全身披甲，也該找個合適的吧，你的身材和你父親相差太遠了。」

孫策看了看自己的打扮，確實有點滑稽，他從高飛的話中聽出來，好像高飛早就知道他的存在一樣。但是他可以肯定，他是第一次見到高飛，不禁愣了一下道：「你……你知道我？」

「快退下去，不得對你叔父無禮，這裡不是你胡鬧的地方，還有，把我的戰甲脫了，你看你像什麼樣子？」孫堅責罵道。

高飛笑道：「文台兄，不必如此，他畢竟還是個孩子，做事情考慮不周全，也用不到如此痛斥，我看他蠻有氣質的，以後說不定會成為一個赫赫有名的大將軍。嗯……你弟弟孫權孫仲謀在不在營中？如果在的話，把他也叫來，讓我見上一見。」

孫堅看了眼高飛，心中很是納悶，他從未向高飛說起過兒子的事，為什麼高飛會知道的如此詳細？要說孫策也就罷了，畢竟孫策跟在他身邊，許多群雄都見過，知道不足為奇，可是他沒想到高飛連他四歲的小兒子孫權都知道的一清二楚。

孫策也是一臉驚奇，心道：「看來是父親真的向他提起過我了，不然的話，他又怎麼知道我還有一個弟弟？既然他知道我，那我就不用自報家門了，直接向他挑戰。」

孫策將長槍拔了出來，指著高飛叫道：「我弟弟不在這裡！高將軍，我要向你正式挑戰，如果你能打敗我，我就承認你這個叔父！」

「胡鬧！你哪裡是子羽的對手？程普、黃蓋，將伯符拉下去，讓人嚴加看管，沒我的命令，誰也不准放他出來！」

孫堅確實動怒了，他這個好鬥的兒子經常給他惹麻煩，在長沙的時候，就是當地的孩子王，經常以楚霸王自居，幸虧沒有人告發，否則的話，孫策就會有大逆不道的罪。因為劉邦、項羽的故事誰都知道，說自己是楚霸王，那明擺著就是要推翻大漢嘛。

高飛見狀，急忙制止道：「文台兄，不必如此，伯符不過是個爭強好勝的孩子而已。」

未等孫堅回答，高飛便向前一步，對孫策道：「孫伯符，你今年多大啦？」

「十二！不過我不是個孩子，已經是個大人了，咱們就用大人和大人之間的規矩對決，你要是勝了我，我就承認你是我的叔父！」孫策不依不饒地道。

高飛呵呵笑道：「你還沒有接受過冠禮，就不算大人，現在的你還不是我的對手，利用這幾年的時間好好苦練一番，多跟你的父親學學，等再過幾年，你接受了冠禮，正式成為大人之後，我一定接受你的挑戰。我和你父親今天有重要的事情商量，可沒有時間和你瞎鬧，你覺得我的提議如何？」

孫策想了想，又看了看高飛身材確實很健碩，他雖然天生神力，但是心裡也沒底，於是朗聲道：「六年！你給我六年時間，六年後，不管你在哪裡，我一定會親自登門向你挑戰！」

「好！有志氣！男子漢大丈夫就應該如此！孫伯符，你可別讓我失望，我也等你六年，六年後，我們再來比試！」太史慈突然從人群中閃了出來，看到孫策那種勇於挑戰的精神，深深受到感動，忍不住激動道。

孫策聽過高飛帳下五虎將的事，見太史慈氣度不凡，想必是五虎將之一，便來了興趣，拱手道：「未請教壯士姓名？」

「某乃東萊太史慈！」

只這聲巨吼，在場的人都把東萊太史慈的名字記在了心裡，暗嘆他是條漢子。

孫策聽後，也是一喜，便道：「好！太史慈，我接受你的挑戰，六年後，我們一定要比試比試！」

太史慈的年紀和高飛差不多，只比孫策大幾歲而已，他還想說些什麼，見身後趙雲拉了拉他的衣角，他這才意識到眾人的目光全部鎖定在他的身上。他不想搶了風頭，便退到後面，不再說話，但是目光卻始終盯著孫策。

高飛注意到太史慈和孫策之間的互動，心中想：「神亭嶺上，孫策和太史慈大戰百餘回合，才成就了兩人的惺惺相惜，**看來命中註定他們之間還會有一次惡鬥**。不過，不同的是，太史慈已經是我的部下了，我是絕對不會讓他脫離我的。」

氣氛變得稍稍融洽了點，孫堅便對孫策道：「好了，鬧夠了就下去吧，我們還有軍情相商。」

孫策得到滿意的答案，拔腿便走了，走的時候，身上的鐵片還發出清脆的聲響，惹得眾人一陣哄笑。

看到孫策離開的背影，高飛不禁讚道：「虎父無犬子，文台兄有子如此，實在是可喜可賀啊。」

孫堅笑道：「賢弟說笑了，伯符就是個麻煩精。賢弟，我已經讓人準備好給你的部下休息的地方，賢弟不用操心。我們現在就進帳商量一下汜水關的事吧。」

高飛點點頭，對身後的太史慈、趙雲、華雄吩咐道：「你們帶士兵好好的休息。」

祖茂這時走了過來，朝太史慈三人道：「諸位請隨我來。」

高飛則進了孫堅的大帳。

眾人坐定之後，高飛便直接問道：「文台兄，汜水關的情況如何？」

「汜水關由李傕、郭汜、徐榮把守，還有董賊心腹智謀之士李儒坐鎮，關裡有大概六萬士兵，其中四萬騎兵，兩萬步兵。我已經讓人都打聽清楚了，汜水關很小，容納不下那麼多人，董賊的西涼兵大多數屯駐在關後的平地上，真正駐紮在關裡的，只有區區千人。不過，饒是如此，汜水關還是易守難攻。」孫堅簡單地介紹了一下。

高飛道：「不過汜水關也並不是牢不可破，我已經讓人混進了汜水關，這兩天我們就駐紮在此，按兵不動，不等曹操等人的大軍到來，汜水關必定會被我軍攻破。」

孫堅笑道：「沒想到賢弟早有安排，既然如此，那我就聽賢弟的，到時候攻克了汜水關，我們兄弟必然能夠揚名天下。」

「但願如此，其實並州兵的實力也不容忽視，丁原帳下有一員猛將，叫呂布，此人可謂是勇猛無匹，如果並州兵行動夠快的話，或許能夠依靠呂布攻克成皋。」高飛道。

孫堅聞言道：「呂布這個人我從未聽過，但是當初在會盟時，他代替丁原參加，雖然在眾人中少言寡語，可是他的氣勢卻不輸給任何一位諸侯。希望並州兵能夠行動的遲緩一些，這樣，第一功就是我們兄弟的了。子羽，賈先生、荀先生，我只準備了一些水，算是為你們接風洗塵，來，乾！」

「乾！」

汜水關內。

「你我兄弟二人多年不見了，這些酒肉是我專門款待你的，昨天夜晚在關外，是我太過唐突了，還請老鐵哥哥不要放在心上。」

李傕一反常態，對李鐵變得十分的客氣，因為他自從聽了李鐵跟他說的事情之後，覺得自己能從李鐵身上獲得更大的殊榮。

李鐵也不客氣，鎮定自若，該吃的吃，該喝的喝，總之，一切表現得都很正常。他必須謹慎小心，不能引起李傕的絲毫懷疑。

「嗯，我明白你的感受，你現在是將軍了，我不該直呼你以前的名字。不過，我做夢都沒有想到，你會成了前將軍。」

李傕笑笑道：「自從那年大旱之後，北地死了很多人，許多鄉親都走散了，我也沒想到會在這裡遇到故人。老鐵哥哥，高飛真的讓你借機混入城中，然後來個裡應外合嗎？」

李鐵喝了口酒，道：「嗯，高飛讓我利用機會混進城裡，假意投降，然後把你們引誘出城，他在半路伏擊。」

李傕狐疑道：「**那你這次是真的投降，還是假意投降呢？**」

李鐵看著李傕，反問道：「你覺得呢？」

李傕目光中露出一絲殺機，道：「人心隔肚皮，我不知道你到底是怎麼想的，但是我可以明確地告訴你，如果你敢耍什麼花樣，我一定會親手宰了你。」

李鐵冷笑一聲，道：「我的家人都在太師的手中，你說我會耍花樣嗎？高飛讓我們做這件事，這不是明擺著讓我們去送死嗎？這種事，你說我會去做嗎？我今年才二十八，還很年輕呢，我還不想死。」

李傕笑道：「這倒是符合你老鐵的性格，當年為了搶一口飯吃，你硬是將一個搶飯的人活活打死，看來高飛選你做這件事，是選錯了。」

「過去的事就別提了，你哥呢？」李鐵故意怒道。

李傕悵然道：「死了！北宮伯玉叛亂的時候，我遠在酒泉，沒有受到波及，我哥為生活所迫，加入了北宮伯玉的軍隊，最後死在漢軍手上……」

「這就是你跟著董太師的原因？」李鐵問道。

李傕點點頭道：「我們涼州人向來被大漢所輕視，曾經有人建議放棄整個涼州。涼州動亂不停，連年征戰不絕，大漢的狗皇帝卻一心只顧享福。董太師給我們涼州人謀了條出路，我為我哥報仇是其一，最主要的是為自己的以後打算，我絕對不會讓誰再站在我的頭上欺負我，我小時候太懦弱了，所以我要變得比誰都要強大。」

李鐵聽了，深深感到眼前這個人已經和他認識的完全不一樣了，同時他有一種不寒而慄的感覺，那種從李傕眼睛裡放出來的光芒，讓他深刻地體會到這個人有著極大的野心。

他吞了一口口水，心中暗道：「如果不早點把這個人處理掉，很可能以後會和董卓一樣，成為禍國殃民的人，看來這次我是來對了，無論如何，我都要將主公交託的事情辦成。」

李傕喝了一口悶酒，對李鐵道：「既然如此，那就**將計就計**，高飛要給我設伏，我就給他設伏，只要能取得高飛的首級，我就能在太師面前邀功了，三公九卿必然能夠輪到我做，到時候，就算是太師的女婿，也要看我的臉色。」

「將計就計？」李鐵心裡明白李傕上鉤了，故意問道。

李傕點點頭道：「對，將計就計，**他讓你引誘我們出城，那你就引誘我們出城，不過，要事先將他們誘騙進我們的伏擊圈內！」**

李鐵道：「那具體該如何做呢？」

李傕嘿嘿笑了笑道：「把耳朵湊過來，我告訴你該如何做！」

李鐵當即將耳朵湊了過去，李傕細細地說了一連串的話，他不住地頻頻點頭。

吩咐完，李傕便對李鐵道：「你都明白了吧？」

李鐵道：「明白了，可是李儒、郭汜他們肯聽將軍的話嗎？」

「不聽也得聽！這是殲滅高飛的最好機會！」李傕正色道：「你就照我的吩咐去做，李儒、郭汜那邊我自己來處理，你一會兒就出城，就依照我說的轉達高飛，然後今夜子時將高飛引誘到伏擊地點，事成之後，我會在太師面前保舉你做前將軍！」

李鐵裝作驚喜地道：「多謝將軍！」

兩個人密商完畢後，李鐵獨自一人出城去通知高飛，李傕則安排了一個鴻門宴，將李儒、郭汜、徐榮全部請到自己的官邸。

郭汜毫無戒心的第一個來到李傕的官邸，李傕自然熱情款待，相比李儒、徐榮，他們兩個的關係較為融洽。李傕把自己的計策和郭汜一說，郭汜當即便舉雙手贊同，大讚李傕的計策高超。

這會兒，李儒、徐榮同時來到李傕的官邸外，兩人都搞不清楚為什麼李傕會突然邀請他們。兩下一見面，互相寒暄了幾句，便聽李儒道：「李鐵那幫人，你監視得怎麼樣了？」

徐榮道：「並無任何異常，不過，李鐵被李傕親自送出城了。大人，你說李傕突然邀請我們，到底是為了什麼事啊？」

李儒捋了捋鬍鬚，道：「我也不清楚，李傕這個人向來喜怒無常，就連太師也拿他沒什麼辦法，如果不是看在他的武力不錯，早就被太師剁了餵狗了。」

徐榮道：「那現在該怎麼辦？」

「既來之，則安之，我倒要看看，這個李傕到底是為了什麼事！」李儒清了清嗓子，道：「我們進去吧，讓李傕等太久，估計他又要暴跳如雷了。汜水關裡他的兵馬最多，必須穩住他，否則一旦汜水關失守，你我都難辭其咎。現在我們是拴在一條繩上的螞蚱，必須團結在一起，不能起內訌，只要再堅持兩天，等太師的援兵到來，汜水關就牢不可破了。」

徐榮「諾」了聲，和李儒一起走了進去。

大廳內，李傕、郭汜有說有笑的，這兩人是董卓帳下的黃金搭檔，每次一起出兵，基本上沒有敗過，李傕性子急，郭汜性子慢，剛好形成互補。

看到李儒、徐榮走了進來，郭汜熱情招呼道：「李大人、徐太守，快請坐！」

坐定後，李儒問道：「請問李將軍，不知道這次叫我們來做什麼？」

李傕嘿嘿笑道：「當然是赴宴了。」

「赴宴？」李儒看了看四周，大廳內毫無赴宴的氣氛，疑惑地道：「李將軍的酒宴設在何處？」

「現在晌午剛過，想必各位也都吃過了，我看就沒有再設宴款待的必要了。我叫諸位來，只有一件事相商，我想了一個好計策，可以在今夜取下高飛的人頭，只要你們從現在起聽從我的指揮就可以了。」

「計策？什麼計策？」李儒狐疑地道。

李傕道：「**將計就計**！李鐵是我的同鄉，我們是從小一起長大的，所以，他將什麼事情都告訴我了。這次高飛派他來假意投降，我便將他勸降了，然後設下將計就計的策略，將高飛引進伏擊圈，一舉殲滅他們。」

李儒轉動著眼珠子，臉上露出奸笑，道：「嗯，李將軍的計策，我贊同。」

「你……你贊同？」李傕吃了一驚，他萬萬沒想到一向和自己做對的李儒會贊同，笑道：「嗯，我的計策萬無一失，只要你們聽我的，高飛的人頭保證能夠在今夜取下。」

李儒道：「如果擊敗了高飛，我們就能向太師邀功，當然，最大的功勞當然

是李將軍的。高飛一死，也能讓聯軍士氣大落，確實是一舉兩得的好事。那就請李將軍下令吧，我們一定聽從調遣。」

李傕十分滿意，當即吩咐一番。

李儒和徐榮從李傕的府中出來時，徐榮不解地道：「大人，我覺得其中有詐，像大人這麼有智慧的人應該不會看不出來，為什麼……」

「為什麼我會同意李傕的計策是嗎？」

「是的，我以為這是高飛故意安排的計策，而且那個李鐵和他的手下雖然表面上看著沒什麼動靜，卻是最讓人產生懷疑，他們越謹慎，就說明他們的心裡越有鬼。」

「你覺得李傕看了很討厭嗎？」

「大人何出此言？」

「如果能**借刀殺人**的話，從此以後，你我的耳邊就會清靜許多，李傕雖然有武略，但是你在他之上，而且比他要穩重，他若是死了，前將軍的位置就是你的了。」李儒道。

徐榮道：「可是這樣一來，汜水關就……」

「汜水關太小，能容納的兵力有限，汜水關西南尚有一處虎牢關，那裡地處險要，可容下兵力數萬，我的心中已經安排好了，等到夜晚的時候，李傕肯定會先出城，你就帶著本部一萬退守虎牢關，然後我以太師兵符敕令郭汜退兵，讓李傕和他的三萬人馬全見鬼去吧，就算是中了高飛的奸計，三萬人馬至少還能回來兩萬，到時候李傕能死在戰場上的話，就最好不過了，要是沒死，回來我就殺了他。」

徐榮不得不佩服李儒夠狠，連自己人都下得了手，可是他也很討厭李傕，再說，這件事對他也有利，李傕一死，他就是前將軍，他自然不會拒絕李儒的安排，當即對李儒道：「徐榮一切以大人馬首是瞻。」

李儒搖搖手道：「這話以後別再說了，讓人聽到了可不好，我們都是太師的部下，應該以太師馬首是瞻。」

徐榮連忙道：「是是是，大人教訓的是，以後這種話我不會再亂說了。」

李儒道：「李傕已經完全膨脹了，這會兒他肯定會自滿自大起來，他越是如此，離死期也就越來越近了。之前我看他是個人才，一直讓著他，才舉薦他當了前將軍，沒想到他居然用官職來壓我。這種人死不足惜，你就照我的安排，秘密的去準備吧。」

徐榮「諾」了一聲，著手準備去了。

與此同時，孫堅大營裡，高飛的部下都在盡情的休息，而高飛則醒得特別早，他心繫李鐵一行人，這次行動的關鍵，就在李鐵那幫人身上了。

出了大帳，他看到有一些士兵醒來了，一邊的空地上，孫策光著上身正在揮舞著長槍，耍得有聲有色，身上的汗水也不斷地落下來。

高飛看到孫策努力的樣子，沒有去打擾他，獨自一人朝寨門走去。

來到寨門，他看見遠處馳來一匹快馬，定睛一看，馬上的騎士卻是李鐵，隨即令人打開寨門，迎李鐵入寨。

李鐵一進營寨，便拱手道：「啟稟主公，汜水關的人上鉤了。」

高飛大喜，李鐵接著把事情的經過一五一十的講了出來。

聽完，高飛很高興李鐵沒有被李傕開出的高官厚祿條件所吸引，拍了拍李鐵的肩膀鼓勵道：「很好，不過，李儒沒有什麼異議嗎？」

李鐵道：「李傕說，他會擺平一切。」

高飛皺眉道：「這件事還需謹慎行事，李儒這個人可不能小看了，你現在就回去，告訴李傕，說事情已經成功，然後你跟在李傕身邊，看看李儒的動向，如果有什麼異常，就發信號取消這次行動，畢竟你們的安全最重要。」

李鐵道：「諾！屬下明白了，屬下這就回去。」

「**李傕真的能夠成功說服李儒嗎？我這個計策真的能夠瞞得過李儒嗎？**」高飛看著李鐵遠去的背影，自己自言自語地道。

第十章 生死搏鬥

官道上，沉悶的腳步聲由遠及近的傳來，身披鐵甲、手持盾牌的步兵整齊的向前移動。高飛、孫堅穿著普通士兵的軍裝，從外觀看，像是一個沒有指揮官的軍隊，但是這支軍隊卻即將上演一齣以步兵抵擋騎兵的生死搏鬥。

夜色像陰霾一般濃重起來，黑暗籠罩著大地。昏沉黑暗的夜幕，彷彿和舉行葬禮時一樣地淒慘。

汜水關外十里處的一片密林裡，李傕靜靜地等候在那裡，看著濃郁的夜色，心裡暗道：「真是天助我也，這種夜色正好可以掩護大軍的隱藏。」

「什麼時辰了？」李傕輕聲問身邊的李鐵。

「還有一刻就到子時了。」李鐵看出李傕的焦急，道：「將軍，高飛的兵馬一定會來的，我都按照將軍的吩咐去做了。」

李傕看了看官道另外一側的密林，輕聲道：「也不知道郭汜、徐榮他們準備的怎麼樣了。」

李鐵道：「既然李儒他們都願意聽從將軍的了，想必郭汜、徐榮他們也不敢違抗。」

「你不懂！」李傕搖搖頭，「李儒這個人陰險狡詐，可謂是老謀深算，而且我一向不服氣他，所以我們兩個人之間會發生口角。只是今天的事讓我覺得很怪，李儒居然連反駁都沒有，就直接答應接受我的指揮，實在讓我百思不得其解。」

李鐵想起高飛所說的話來，讓他提防李儒，此時聽到李傕的話，便道：「將軍，讓我去對面看看吧，有什麼不對的話，我也好給將軍通個氣！」

李傕想了想，點點頭道：「也好，你去看看，快去快回。」

「諾！」

李鐵帶了四個人，朝對面的密林快速地移動過去。

另外一側的密林裡，郭汜帶著自己的部下隱藏得十分的好，從外面根本無法看清裡面的動靜，為了不引起懷疑，郭汜還令人捉來許多鳥，關在一個大鳥籠裡，讓林子發出清晰的鳥叫聲。因為往往有伏兵的地方，林子都不會有鳥獸的叫聲，這是一種常識。

郭汜性子雖然慢，可是頭腦很靈活，無甚大才，卻略有小計。當年在涼州時，他只是個盜馬賊，為了躲避官府的追捕，曾經藏身在山中長達半年，所以他十分熟悉山地戰，也對鳥獸的習性十分清楚，常用這個方法成功埋伏許多次。

他慢悠悠地騎在一匹馬上，一手拽著馬韁，一手輕輕地撫摸著馬匹的鬃毛，兩條腿懸在空中，時不時晃著雙腿，心裡默默地哼著山歌。這種美麗的夜色正是唱歌的好時機，如果不是處在埋伏當中，他定要高歌一曲，來抒發自己心中的感慨。

「將軍，對面來人了。」

郭汜「哦」了聲，道：「估計是李老二等不及了，派人過來看看這邊的情況吧，帶他到我身邊來吧。」

「諾！」

不多時，李鐵和四個手下被帶到郭汜面前。

「小人李鐵，參見郭將軍。」

郭汜看都沒看李鐵一眼，問：「你有什麼事嗎？」

「李將軍讓小人過來看看這邊的情……」李鐵話說到一半，便聽到林子裡發出一陣鳥叫，他好奇道：「鳥叫？」

「嗯，是鳥叫，只可惜你家將軍不喜歡我的這些愛好，覺得麻煩。不過弄些鳥在林子裡，確實可以有助於提高伏擊的成功性。」郭汜解釋道：「你回去告訴你家將軍，就說我這邊一切準備就緒，再過一會兒，只要敵人進入伏擊圈，我必然會截住敵人的歸路。你家將軍愛衝鋒陷陣，那麼敵人的前隊就交給他處理了。」

李鐵環視一周，見周圍的人隱藏得也十分巧妙，他看得出來，郭汜是一個擅於打伏擊戰的高手。

他朝郭汜拱拱手，問道：「徐將軍呢？」

郭汜道：「在後面，放心，既然李儒都答應了聽從你家將軍的調遣，徐榮自然不會臨陣脫逃的。你回去告訴你家將軍，讓他放心應戰，只要他將敵人攔腰截斷後，我和徐榮就會立刻殺出來。」

李鐵道：「那小人告退，這就回去稟告李將軍。」

從密林裡走出來後，李鐵便對身邊的一個人道：「一會兒你借機去尿尿，用秘密的聯絡方式通知主公，小心官道右側，那裡的鳥叫是人為的。」

「諾！」

看著李鐵離開的身影，郭汜道：「這個李鐵倒是比李老二穩重多了，看來李老二以後會多了一個心腹啊。」

話音剛落，便聽見後面一陣騷動，郭汜回轉頭，怒喝道：「不想活了？誰再亂動，砍了誰的腳！」

果然，郭汜的話一出口，後面的騷動便停了下來。

沒多久，腳步聲再次響起，而且還踩斷了一些樹枝，發出十分清脆的斷裂聲。

這聲音在黑夜裡十分刺耳，郭汜聽了，當即怒道：「抓起來，拉出去砍了！」

「郭將軍，你要砍我？」

郭汜的耳朵一下子豎了起來，他對這聲音再熟悉不過，是李儒。

他感到很納悶，回頭看見李儒披著一個黑色的斗篷走了過來，一臉疑惑問道：「李大人？你不守衛汜水關，卻到這裡來，是不是有什麼變故？」

「郭將軍就是與眾不同。」李儒從袖筒裡掏出一個兵符，道：「郭將軍可認得這個東西嗎？」

郭汜湊近一看，居然是一個兵符，兵符上刻著一頭黑熊，黑熊的背上還生出兩個翅膀。一看之下，頓時大驚，急忙拜道：「不知道李大人有何差遣，郭汜當不辱命。」

李儒淡淡地道：「見兵符者如見太師，任何人都要聽從調遣。後將軍郭汜，我現在命你即刻退兵，帶領你的部下到虎牢關駐守。」

郭汜聽了一怔，道：「李大人……這……可是李傕他……」

「郭將軍，這是太師親賜兵符，你也是飛熊軍的一員得力將領，當初加入飛熊軍時，忘記你所立下的誓言了嗎？還是你想背叛太師？」李儒打斷郭汜的話，嚴詞喝道。

「郭汜不敢，郭汜對太師忠心耿耿，絕無二心，只是……郭汜不太明白……」

李儒道：「你不需要明白，有些事，知道太多反而不好，裝聾作啞反能成就一番大功業。郭將軍，請下令退兵吧，要悄無聲息的離開這裡。」

郭汜無奈地點點頭，道：「郭汜領命！」

李儒沿著密林的小路，消失在夜色中。

「將軍，現在該怎麼辦？撤退嗎？」

「撤退！」郭汜看了一眼對面異常安靜的密林，又想起今天李儒的反常，心裡隱約猜測到了一些蛛絲馬跡，嘆了口氣，道：「李老二，看來你得罪李儒是大錯特錯。」

高飛、孫堅帶領著各自的部將早已等得有點不耐煩了，但是兩人的心裡還是有一絲擔心，因為李傕動用的是五萬兵馬、三萬騎兵、兩萬步兵，在兵力上遠遠超出他們數倍。但是為了能奪取聯軍討伐董卓的第一功，兩人都精打細算了一番，加上賈詡、荀攸的意見，才制定出這個**計中計**的策略。

由於李傕設下了伏兵，將五萬兵力埋伏在汜水關外十里處的密林裡，那片樹林很大，而且除了那裡再無藏身之地。所以高飛便將他和孫堅的騎兵分成八部，以八卦方位遠離李傕的伏擊地點，再次設下埋伏，只要時辰一到，便一起從八個方位一起衝出去，衝散敵人的隊形。

當然，最重要的，還是要有人進入李傕的伏擊圈進行必要的誘敵，所以這個重擔便落在了高飛和孫堅的身上了。他們決定用兩千步兵做誘餌，觸發這場戰鬥，然後等董軍敗退的時候，便緊咬董軍，趁機奪取汜水關。

「賢弟，沒想到一別一年多，我們兄弟又重新並肩作戰了，只可惜少了孟德，若是他在的話，那真是又回到了當年涼州平亂時的痛快了。」孫堅一邊擦拭著他的古錠刀，一邊對高飛道。

高飛道：「孟德兄如今可是今非昔比，未必可以和我們並肩作戰了。我聽說孟德兄在兗州有五萬兵馬，這可不是小數目啊，如果他想，完全可以吞併整個兗州，自立為兗州牧。」

「州牧和州刺史的差別太大了，如果統一用州牧制度的話，那麼前來會盟的軍隊就更加容易調動了。如果我當上一州之牧的話，我會將整個州的兵馬全部帶過來，賢弟地處幽州，那裡需要防備胡人，自當別論。可是孟德這裡卻……唉！不提了，等奪了汜水關，剩下的仗，就讓孟德去打，他兵多糧足，比我們更有實力。」

這時，遠處傳來一聲奇怪的哨音，高飛立刻警覺道：「文台兄，該我們登場了。」

皎潔的月光灑在大地上，映照在方圓二十里內最為茂密的兩處樹林裡，一些人影若隱若現。

自從李鐵回來報告了對面的情況之後，李傕便放輕鬆了。此時，趁著月光，李傕看到對面的密林裡毫無動靜，甚至一條人影也沒有看到，但還能聽見對面樹林裡發出的鳥叫聲。

他的臉上露出一絲微笑，自言自語道：「郭阿多不愧是在山裡待過的人，就連隱藏的技術也比我要顯得隱秘多了，從外面絲毫看不出一點痕跡來。」

李鐵聽後，心裡卻暗道：「郭汜擅於伏擊，居然能將兩萬軍隊隱藏得讓人絲毫看不出一點可疑的跡象來，實在是一個很棘手的人物。只希望主公能夠注意到，千萬別被那邊給騙了。」

「將軍，敵人已經來了，聽起來聲音十分的雄渾，遠處塵土飛揚，旌旗密布，看不清楚到底來了多少人。但是敵軍是以步兵打鬥，騎兵卻不知所蹤。」斥候從遠處偵查到情況，立即來報。

李傕皺起了眉頭，問李鐵：「我聽說高飛帶領的軍隊全是騎兵，怎麼來的只是步兵？你到底有沒有按照我吩咐的去告訴高飛？」

李鐵一臉苦相道：「我自然是按照將軍說的去做，可是將軍難道不知道嗎？

高飛帳下的飛羽軍是一支精良的軍隊，步戰、馬戰、山戰都是十分的嫻熟，這次帶來的正是飛羽軍，所以他用步兵開道也很正常。可能是擔心有什麼埋伏，想迷惑我軍。」

李傕聽到解釋後，扭頭問斥候：「來人打的是誰的旗號？」

斥候道：「鎮北將軍高，還有長沙太守孫。」

李傕哈哈一笑，道：「這次要將高飛、孫堅一鍋端，吩咐下去，注意隱蔽，隨時聽我的命令。」

李鐵道：「將軍，我的部下已經準備好了，我現在就帶著他們去前面接應高飛，等敵人一到，他們必定會信以為真，從而放下防備。」

李傕點點頭，催促道：「快去快去，你早該去了。」

李鐵當即帶著自己的七百三十七人離開了密林，全副武裝的站在官道上。七百三十八人騎著馬匹迅速集結在一起，在李鐵的帶領下，以飛羽軍特有的陣形擺出了一個進攻姿態。

剛到官道上的李鐵，眼睛斜視著右邊的樹林，他見樹林裡依然毫無動靜，心中不禁嘆道：「郭汜到底用了什麼方法，居然將人隱藏的如此好，我站在這裡居然看不出他的士兵到底在何處。」

處點燃了火堆，給八個方向的騎兵隊伍放出信號。

這邊，李鐵帶著士兵抽出兵器，馳進官道右側的樹林，卻發現樹林裡一個人都沒有，郭汜的兵馬、徐榮的兵馬全部消失得影無蹤。他急忙再次駛出樹林，派人去通知高飛和孫堅，讓他們全力對付李傕，他自己則率領其餘的人向李傕的部下展開攻擊。

李傕帶著部下正在和鐵甲軍作戰，卻見右側樹林裡毫無動靜，正在納悶之際，忽然見李鐵帶著士兵攻擊他的尾部，他登時覺得上當了。但是他仗著自己有三萬兵馬，便沒有喊撤退，而是繼續廝殺，誓要將高飛、孫堅包圍起來。

李傕見到李鐵攻擊自己的部隊時，便大致明瞭了一切，他已經陷入了敵人的奸計之內。可是，他在這裡足足埋伏下了五萬人，即使是高飛、孫堅採取反包圍，他在兵力上仍然占據優勢，就算是以二敵一，他也要打這一仗。

「放箭！」李傕一改衝鋒陷陣的常態，策馬回到了密林中，朝早已準備好的弓弩手大聲喊道。

亂箭齊飛，弓弦、機括輕響，數千支箭矢朝官道中間的步兵射去。箭矢射穿了官道上士兵的革盾，透過戰士的護甲，帶起了一蓬一蓬的鮮血，擋在最前面的士兵直接倒下一排，生命在這清冷的月夜中凋零飄落，沒有半點的挽留。

高飛大吃一驚，他太低估了西涼兵，在箭矢如雨能夠射透士兵的盾牌時，他才意識到從密林裡射出來的箭矢並非普通弓弩能夠做得到的。

他緊握手中長矛，向著前方的騎兵一陣亂刺，連續刺死兩個騎兵後，一個響亮的哨音傳進了耳邊，那是他飛羽軍的慣用暗號。

哨音悠揚回轉，鏗鏘有力，間斷的也十分有規律，類似鳥類的鳴叫，又像白猿啼嘯，將「右側沒人，請專心對付左側」的話語清晰地吹奏了出去。

高飛一聽到這個哨音，急忙對孫堅道：「文台兄！敵人只在官道左側伏擊，右側沒人，請全力迎戰左側。敵人箭矢十分的強硬，可令三個盾牌疊放在一起，只要擋住敵人的這一波猛攻，便是我們反攻的機會。」

孫堅大叫一聲「好」，隨即下達了命令。

只見原本防備官道右側的鐵甲兵立刻回轉身體，前排臨戰的士兵則是迅速疊起三面盾牌，斜靠在自己的身體上，最前排的人專心持盾，後面的長矛手則對前方騎兵進行刺殺，只一會兒功夫，一面盾牆便在箭雨中豎立起來。

密林中射出的箭矢十分的強勁，連續穿透了兩面盾牌，遇到第三面的時候，卻成了強弩之末，雖然也射穿，卻只露出箭頭而已，不像之前那樣可以穿透人體。並且，強硬的箭矢將原本並不牢靠的盾牌給牢牢的釘死在一起，使得三盾成為渾然的一體。

對於盾牌的選用上，孫堅確實是疏忽了，他為了提高軍隊的速度，捨棄了鐵皮包裹的鐵盾，而選用了可以擋住許多種類箭矢的革盾，然而今天卻失策了。他看到因為自己的失誤喪生在箭矢中的士兵，心中燃起了一絲愧疚。

李傕看到官道上架起的盾牌陣地，更有許多長矛阻礙了騎兵的進攻，使得騎兵都頓生畏懼，看到那一杆杆鋒利的長矛，他不得不下令騎兵暫時停止進攻，轉而向反叛他的李鐵等人殺去，讓步兵在弓弩手的掩護下衝陣。

高飛注意到這一動向，便對孫堅道：「文台兄，這裡交給你了，我必須指揮我的部下，李傕已經要下手了。」

孫堅解下腰中的古錠刀，朝高飛手裡一塞，道：「近戰用刀，我在這裡拖住敵人，賢弟放心去吧！」

高飛沒有猶豫，將古錠刀握在手裡，只覺古錠刀十分的厚重，刀柄握著很有手感，當即丟下了手中長矛，提著那把古樸鋒利的刀出了戰陣。

李傕的步兵已經衝向孫堅的軍陣，但是孫堅的軍陣防禦得猶如一堵厚厚的牆壁，長矛在盾牌和盾牌間的縫隙裡不斷地向前刺殺，刺穿了一個又一個殺過來的敵人，同時無數支箭矢也十分密集地被擋在外面，只有少數箭矢飛越高空，射倒後面十幾個沒有防備的士兵。

騎兵迅速的向西移動，在密林西側的邊緣地帶，李鐵等七百多人正在浴血奮戰，本想能夠製造一點混亂，直接從李傕軍的右翼殺出一條血路，哪知他們剛一開始攻殺，李傕軍右翼的步兵便迅速將他們包圍了起來，將李鐵等人圍得密不透風。

鮮血揮灑一地，在到處都是敵人的包圍圈裡，騎兵的優勢頓時減弱了。李傕軍手持長槍的步兵開始利用手中兵器的優勢一步步緊逼，但見長槍如林，鋒利的槍頭在月光下閃著寒光。

周邊的騎兵已經人仰馬翻，手中馬刀剛砍落一個步兵的人頭，身體露出的破綻便立刻迎來十幾、二十幾條長槍的刺殺，一個接一個的騎兵被李傕軍的步兵殺死。

「下馬！」李鐵跳下了馬背，用手中的馬刀狠狠地在座下戰馬的屁股上刺了一下。

那戰馬感受到撕心裂肺的疼痛，發出一聲長嘶，發瘋似的向著前方的人群衝了過去。

其餘的飛羽軍戰士都紛紛效法，剩餘的五百多匹戰馬像無頭蒼蠅一樣，向包圍圈外胡亂衝撞了出去，踏死了許多毫無準備的步兵。

可是，這種情況轉瞬即逝，缺口很快便被堵上了，而且不遠處的西涼騎兵人人都揮動著馬刀，嘴裡嚎叫著殺了過來。

李鐵意識到問題的嚴重性，回頭看向身邊的人道：「我們都是涼州人，我們是全涼州最棒的，是飛羽軍的精銳，把我們的實力展現出來，讓這些人看看，**到底誰才是真正的戰士！」**

剩餘的五百多人，迅速以十人為一隊分散開來，不需要任何人的指揮，他們就能最為默契的相互配合著對方，十人一組，不退反進，舉著手中的馬刀，向包圍他們的敵人進行反攻，以千鈞之勢，無畏地向不同方向衝了出去，企圖從包圍圈中走出來。

刀鋒在頸中滑過，一顆人頭落地，面前的軀體猛地繃緊抽搐，發出了一陣的顫動，將隱藏在身體中最後的一絲生命全部消耗掉。

李鐵等人的快速反攻，讓敵人產生了畏懼，看著這些做困獸之鬥、面色猙獰的漢子，不知道為何，李傕軍的士兵感到大地一陣轟鳴，腳下的地面似乎也有輕微的晃動。

可是這些李傕軍的士兵都很清楚，造成地面震動的，不是他們的騎兵，而是

從周邊由遠及近雷鳴般的馬蹄聲。隨後四面八方都聽到了響徹天地的喊殺聲，每個人的心裡都是一驚：「被包圍了嗎？」

些許的猶豫使得李鐵等人抓住了時機，**他們明白，這是援兵到了，他們的騎兵隊伍到了，戰鬥很快就要進行最為激烈的部分了。**

瀰漫的血腥味讓每個人都感到興奮，快速貼近敵方士兵，揮刀砍斷前面刺來的長槍，身邊的同伴則砍殺斷掉武器的步兵，只這麼一小會兒，反攻開始奏效了。

高飛以最快的速度趕了過來，仗著手中寶刀的鋒利，所過之處砍翻了不少前來阻擋他的士兵。

這一次，他變得十分驍勇，雖然可能會再次受傷，但是他看到敵軍士兵的臉上都出現驚恐之色，而且遠處不斷傳來的喊殺聲，也達到了恫嚇敵人的目的。

「聯軍援軍來了，我們被包圍了……」

他審時度勢，一邊向前砍殺，一邊大聲地喊叫著，使他能夠順利的殺出一條血路，將這個尚未有騎兵參與的包圍圈撕開了一個口子，見到從裡面殺出來的李鐵等人。

一經照面，話不多說，高飛隨即轉身往回殺，看到包圍圈從最初一塊巴掌大的地方逐漸向外擴散，而且身後的空地上遺留著一地的屍體，他們越戰越勇。

此時的李傕尚在密林裡指揮著士兵交戰，讓他沒有預料到的是，郭汜、徐榮的兵馬一個都沒有出現，他不知道出了什麼事，也不明白到底是為什麼。他突然想起了李儒今天爽朗的回答，似乎已經察覺到了什麼，心中一陣悲憤。

「將軍，敵人的援兵……從四面八方的襲來，已經將我們全部包圍了，搞不清楚到底有多少人。」斥候慌張的報告道。

「慌什麼！我軍尚有兩萬多人，敵軍加在一起才一萬多，就算兩個打一個，也要將他們殺死。敵人的援兵沒什麼可怕的，再怎麼支援，還是那些人，傳令下去，全軍血戰到底，誰敢後退一步，定斬不赦！」

李傕心裡很清楚，這和他之前想到的最壞的情況一樣，敵人是用反包圍，將他們圍在裡面。他遭到了郭汜、徐榮、李儒的背叛，可是如果此時下令撤退，全軍士氣會一落千丈。

他不能退，他也不想退，他手中還有反擊的資本，完全可以進行反撲，將高飛、孫堅一起斬殺了。

「李儒、郭汜、徐榮，等我殺了高飛、孫堅，回去再跟你們算帳！」

李傕的眼睛裡露出凶狠的目光，看著前方正在攻擊孫堅那剩餘的一千多人的鐵甲軍，大聲地叫道：「衝過去！不惜一切代價殺光這些人！」

李傕已經失去耐心了，戰鬥才剛剛打響一小會兒而已，他的部下才陣亡一千人而已，他還有兩萬九千人的部隊，就算一個人吐一口口水，也能將這殘餘的兩千餘人淹死。

於是，他策馬向前，走出了樹林，對仍然埋伏在樹林裡的兩萬餘人大聲地喊道：「全軍出擊，所有敵人，一個不留！」

真正的戰鬥，現在才開始！剛才李傕太低估了對方的實力，以為只派出相等數量的軍隊，就能將其圍殺，可是事情卻不像他預料的那樣。對手很強，士兵的戰鬥力一點都不像他之前對付的大漢北軍，所以，他要在援兵到來前，給予敵軍最後一次攻擊，一次毀滅性的打擊。

「殺啊！」

整片樹林響起了同一種聲音，從樹林裡不斷湧出步兵和騎兵，將孫堅的鐵甲軍迅速地包圍起來，又將快要殺出重圍的高飛、李鐵等人給堵了回去，**一切的形勢在這一刻逆轉**。

「糟了！敵人開始全面進攻了！」高飛的心裡暗暗一驚，聽到此時敵軍的喊殺聲，他奮力殺出血路，很快被堵得嚴嚴實實，將逐漸擴大的包圍圈又給堵了回去。

「啊——」

一聲聲慘叫在高飛耳邊響起，看到不斷倒下的部下，他的心裡有種說不出的感受。

或許，是他太輕敵了，以為這樣就能將對方的陣形打散，也以為這樣就能使得對方感到害怕，可是他錯了，他所面對的不再是當初毫無陣形可言的雜兵，而是董卓在涼州精心訓練的部隊。

由於地域的關係，高飛無法獲取董卓方面的大量資訊，只知道董卓是帶著二十萬羌胡和漢人組成的軍隊進京的，所以他不知道董卓為了進京而做出的準備，也不知道在他斬殺十常侍時，董卓就已經在秘密的訓練部隊了。

當驍勇善戰的羌胡被訓練成一支正規的軍隊時，那種戰鬥力簡直可以提升一個層次。這道理，就如同高飛訓練烏桓人成為飛羽軍一樣。

五百多人的飛羽軍，很快只剩下不到三百人，三百個人又重新被圍得密不透風，只在官道中央占據著一塊巴掌大的地方，四周全是敵軍，而且從樹林裡層出不窮的湧現出更多的敵軍，這種氣勢，是想將人一口吞沒。

「主公，敵人的進攻和之前完全不一樣，我們好不容易扭轉了局勢，就這樣消失了。」李鐵靠近高飛，手中馬刀揮舞，刀刃已經砍捲了，對高飛道。

高飛含恨道：「我太低估了董卓軍的戰鬥力，這和咱們在兩年前所見到的完全不一樣，看來董卓軍的實力真的很強。不過，好在敵人內部鬧矛盾，如果敵人五萬兵全部在這裡的話，我們根本撐不到現在。」

「主公勿憂，我李鐵定然會誓死保護主公！」

高飛沒說什麼，只是舞著手中的古錠刀不停地揮砍，他已經殺得麻木了，只要見到敵人就砍，看到身邊肢體亂飛，屍體倒地，他感覺自己就像一個戰爭機器一樣。

「援兵就要來了，堅持住，勝利永遠屬於我們的！」看著士氣低落，高飛鼓舞道。

戰場的另外一邊，孫堅的鐵甲軍也陷入了苦戰，在敵軍包圍的那一剎那，方形的軍陣立刻變成了圓形，外圍盾牌架起，裡面長矛不停地進行刺殺，將前來進攻的士兵全部刺死在陣形之外，雖然陷入苦戰，仍能堅守原地。

李傕採用步兵圍攻，將騎兵分散在外圍，因為有援軍的緣故，他只能用精銳的騎兵進行阻擊。但是，令他懊惱的是，被包圍住的敵人竟然如此的頑強。惱羞成怒的他不斷地揮舞著手中的長槍，大聲喊道：「殺，給我殺！」

一個倒了下去，根本毫無還手的能力，不知不覺便敗退了下來。

「怎麼會這樣？」

還來不及思索，李傕又見到敵人的騎兵在自己的部下退回的時候，開始停止了剛才的行動，換之而來的是彙聚成了四股騎兵，從官道的首尾兩側開始進攻，而另外兩股騎兵則分布在密林的周邊，開始穿過密林向他殺來。

戰場變得混亂不堪，到處都是人仰馬翻的聲音，這塊方圓不足三里的地帶變得十分的擁擠，人擠人，人堆人，除了外圍的人可以自由活動外，其他的人都被擠得無法動彈。可是他們卻又不得不面對內部的兩個小型包圍圈，裡面的敵人帶給他們的是直接的威脅。

內部有敵人向外突圍，外部有敵人向裡衝陣，李傕軍陷入了內憂外患的地步，就連李傕也陷入極度的自責當中。他萬萬沒想到，自己的兵力明明占了優勢，為什麼還會被敵人包圍起來。

此時趙雲、華雄刀槍並舉，猶如兩頭出籠的饑餓猛虎，帶著身後的騎兵直接殺出了一條血路，將尾部包圍高飛、李鐵的士兵全部驅散開來，救出了被圍的高飛、李鐵。

「主公，屬下救駕來遲，請主公責罰！」趙雲見到已是血人的高飛，立刻

叫道。

高飛擺擺手道：「不必管我，繼續殺進去，務必要取下李傕的狗頭！」

「諾！」

這廂包圍被解，那邊太史慈、程普、黃蓋三人進行猛撲，將被包圍在首部的孫堅解救出來。同時，密林左側，韓當、祖茂殺了出來，右側的賈詡、荀攸、孫策也不甘示弱，硬是將李傕的軍隊包圍在一個狹長的地帶上，讓李傕的軍隊跑都跑不了。

李傕已經失去了理性，徹底的憤怒，將手中長槍一提，帶著身邊的士兵，大聲喊道：「跟我衝，我們兵多，敵人兵少，莫要被敵人的陣勢嚇住了。」

可是，邊緣的混亂已經波動了整個大軍，兩萬多人在援兵到來的一瞬間，士氣便被打擊得十分低落，在這種情況下，再想恢復如虹的士氣，除非是援兵到來，或者是斬殺敵人的大將。

李傕很清楚這一點，可是他不會有援兵，所以他只能去斬殺敵軍大將。他綽槍策馬，大喝一聲「閃開」，原本擁堵的道路立刻閃出了一條狹長的道路，他朝著首部衝在最前面的太史慈奔了過來，大喊道：

「來將吃我一槍！」

兵敗如山倒，低落的士氣猶如傳染病一樣，迅速向周圍擴散，整個李傕軍都沸騰了，不是為了殺敵，而是為了逃跑。

在最邊緣和敵人交戰的士兵還沒有搞清楚狀況，便被後面的人推擠了出來，不是撞在敵人的兵器上，便是被後面的自己人活活地踩死，大約兩萬人的西涼兵因為失去主將而失控了，**戰場的局面再一次被扭轉了**。

高飛、趙雲、華雄、李鐵在西面的官道上，正在朝裡面廝殺，卻見被他們包圍的人拼命地朝外湧，那種如洪水般的氣勢，讓人無法阻擋。

「發生什麼事情了？」高飛等人被突然猛衝過來的西涼兵逼得向後直退，搞不清楚狀況的他，急忙問道。

「是太史慈，他殺了敵軍大將李傕，西涼兵潰敗了。」趙雲站在馬背上向前方眺望，見太史慈的大戟上挑著李傕的屍體，答道。

「讓開道路，放西涼兵過去，讓士兵在道路兩旁掩殺。」高飛見這些潰敗的西涼兵為了活命，變得異常勇猛，而且他們的兵力確實不如這些西涼兵，如果一味阻擋的話，很可能會被這撥潰敗的西涼士兵吞沒。

於是，通往汜水關的道路被打開了，原本堵截在西去官道上的飛羽軍將士立刻閃開，在道路的兩邊進行掩殺。

活路一經被打開，西涼潰兵便沒命似的向前奔跑，騎兵、步兵全部沒有了陣形，冒著道路兩邊隨時而來的殺機，他們拼命地向前跑，只要跑回汜水關，他們就能活命。

如洪水般的西涼潰兵很快便跑走了一大半，當還剩下最後一小部分的時候，太史慈騎著一匹駿馬奔馳過來，身後還馱著李傕的屍體。

「主公，我殺了敵軍大將！」太史慈自豪的炫耀道。

高飛衝太史慈笑了笑，道：「很好，這次你是首功。現在，帶領你的部下跟我一起衝過去，西涼兵潰敗了，敵軍士氣低落，正是奪取汜水關的好機會。」

「諾！」

話音一落，高飛帶著趙雲、太史慈、華雄，率領大約五千騎兵緊緊咬住西涼潰兵的尾巴，一路掩殺過去。

李鐵策馬向後，在後面找到了孫堅所在的位置，見賈詡、荀攸、孫策、程普、韓當、黃蓋、祖茂都聚在一起，便跳下馬背，取出古錠刀，徑直走到孫堅的面前，拱手道：「孫將軍，這是我家主公讓我轉交給將軍的，我家主公說十分感謝將軍。我家主公現在正在追趕敗兵，希望孫將軍留下一部分人打掃戰場，帶領其餘騎兵火速趕往汜水關。」

孫堅接過自己的古錠刀，當即轉身道：「祖茂、伯符，你們帶領所有步兵留下來，其餘人全部上馬，跟我走，進攻汜水關。」

「諾！」

高飛帶著趙雲、太史慈、華雄和五千騎兵一路追擊，接連殺死不少西涼步兵，以及一些掉隊的騎兵，但是西涼騎兵和步兵之間的距離已經拉大了。

看到這種情況，高飛留下太史慈帶領兩千騎兵一路攔截西涼步兵，他則帶著趙雲、華雄和三千騎兵越過前方擋路的步兵，直接追擊西涼騎兵，爭取在西涼騎兵入關時，便能趁機奪下城門。

兵力分開之後，高飛、趙雲、華雄很快便追上了西涼騎兵，看到不遠有一座關城，他們的心裡無比的喜悅，快馬加鞭的朝汜水關而去。

汜水關內早已空無一人，關內的糧草、錢財、武器裝備，只要是能搬走的都搬走了，留下的只是一座空城而已。汜水關的關門大開，西涼潰兵沒命似的馳入了關內，當他們看到關內空無一人時，都是一驚。

就在他們驚慌失措的時候，卻看見牆壁上到處都張貼著「退兵虎牢」的字樣，有認識字的騎兵便大聲地喊了出來。於是，眾人不敢在此停留，筆直的穿過

汜水關，朝虎牢關而去。

高飛等人追擊到汜水關下，見關城上沒有任何防備，而且西涼騎兵也都不停留，直接穿過汜水關逃走，都感到很納悶。

馳馬進城，高飛用弓箭射死一個前面的西涼騎兵，定睛看到牆壁上貼著「退兵虎牢」的字樣，眉頭皺了起來，心道：「難道是敵人故意將汜水關讓出來的嗎？」

來不及多想，但是既然確定汜水關已經沒有敵人了，高飛便帶著部下繼續追擊西涼騎兵，希望能多殺一點是一點。

他留下華雄和一千士兵駐守汜水關，自己和趙雲則帶著兩千騎兵繼續追擊過去。

請續看《三國奇變》【戰略篇】第六卷 背後玄機

三國奇變【戰略篇】卷5 將計就計

作者：水的龍翔
發行人：陳曉林
出版所：風雲時代出版股份有限公司
地址：10576台北市民生東路五段178號7樓之3
電話：(02) 2756-0949
傳真：(02) 2765-3799
執行主編：朱墨菲
美術設計：吳宗潔
行銷企劃：林安莉
業務總監：張瑋鳳

初版日期：2021年12月
版權授權：蔡雷平
ISBN：978-986-5589-30-1

風雲書網：http://www.eastbooks.com.tw
官方部落格：http://eastbooks.pixnet.net/blog
Facebook：http://www.facebook.com/h7560949
E-mail：h7560949@ms15.hinet.net
劃撥帳號：12043291
戶名：風雲時代出版股份有限公司

風雲發行所：33373桃園市龜山區公西村2鄰復興街304巷96號
電話：(03) 318-1378
傳真：(03) 318-1378
法律顧問：永然法律事務所 李永然律師
北辰著作權事務所 蕭雄淋律師

行政院新聞局局版台業字第3595號 營利事業統一編號22759935

定價：290元

國家圖書館出版品預行編目資料

三國奇變 / 水的龍翔著. -- 初版. -- 臺北市：風雲時代出版股份有限公司, 2021.04- 冊； 公分

ISBN 978-986-5589-30-1（第5冊：平裝）--

857.75 110003326